Henryk Sienkiewicz

Die Jagd nach dem Glück

und andere Novellen

Übersetzt von Clara Hillebrand

Henryk Sienkiewicz: Die Jagd nach dem Glück und andere Novellen

Übersetzt von Clara Hillebrand.

Übersetzt von Clara Hillebrand (1848-1902), München und Wien, Verlag von Rudolf Abt, 1899. »Die Jagd nach dem Glück« ist auch erschienen unter dem Titel »Auf dem großen Wasser«.

Neuausgabe mit einer Biographie des Autors
Herausgegeben von Karl-Maria Guth
Berlin 2016

Umschlaggestaltung von Thomas Schultz-Overhage unter Verwendung des Bildes: Vasily Surikov, Wanderer, 1885

Gesetzt aus der Minion Pro, 11 pt

Verlag: Henricus - Edition Deutsche Klassik GmbH
Mörchinger Str. 33, 14169 Berlin, info@henricus-verlag.de
Druck: Libri Plureos GmbH, Friedensallee 273, 22763 Hamburg

ISBN 978-3-86199-870-9

Bibliografische Information der Deutschen Nationalbibliothek

Die Deutsche Nationalbibliothek verzeichnet diese Publikation in der Deutschen Nationalbibliografie; detaillierte bibliografische Daten sind im Internet über www.dnb.de abrufbar.

Inhalt

Die Jagd nach dem Glück

1. Die Seereise. Der Sturm

Das deutsche Segelschiff »Blücher« hatte seine Reise von Hamburg nach New-York angetreten und wiegte sich stolz auf den Wellen des Ozeans.

Es war seit vier Tagen unterwegs, hatte vor zwei Tagen die irländische Küste verlassen und befand sich nun auf offenem Meere. So weit das Auge reichte, sah man vom Verdeck aus nichts weiter, als die graublaue Wasserfläche, welche in langgestreckten Furchen heftig hin und her wogte und in der Entfernung immer dunkler zu werden und mit dem Horizont in Eins zu verschwimmen schien. Hier und da zogen Schaumflocken auf den Wogenkämmen daher, tief unten am Horizont schwebten leichte weiße Wolken, die sich im Wasser spiegelten und da, wo ihr Schein hinfiel, demselben die Farbe der Perlmutter verliehen. In dieser Färbung spiegelte sich der Rumpf des Schiffes mit seinem nach Westen gerichteten Bug so deutlich ab, daß man genau sehen konnte, wie das Vorderteil desselben von den Wellen bald hoch emporgehoben, bald tief hinabgesenkt wurde. Er trennte die ihm entgegenströmenden Fluten, und ihm nach zog, wie eine sich wälzende Riesenschlange eine mächtige weiße Schaummasse. Einige Möven umflatterten das Steuer und stießen, in der Luft sich überschlagend, fröhliche Locktöne aus.

Seit der Abfahrt des »Blücher« aus Hamburg war das Wetter hell, zwar windig, aber nicht stürmisch. Der Wind kam von Osten und nur in einzelnen Stößen; zuweilen herrschte völlige Stille. Das schöne Wetter hatte die Passagiere auf das Verdeck gelockt. Auf dem hinteren Teile desselben sah man die schwarzen Paletots und Hüte der Kajüten-Passagiere erster Klasse, während auf dem Vorderdeck diejenigen des Zwischendecks in buntem Gewimmel sich tummelten. Einige saßen auf Bänken, aus kurzen Pfeifen rauchend, andere hatten sich gelagert, während ein großer Teil der Passagiere an der Brüstung lehnte und hinab auf das Wasser sah. Es befanden sich auch etliche Frauen mit Kindern an Bord, welche Blechgeschirre am Gürtel befestigt trugen und einige junge Männer, die im Auf- und Abschreiten, mühsam das Gleichgewicht haltend, deutsche Lieder sangen.

Ein wenig abseits von der großen Menge saßen ganz allein zwei Menschen, denen man ansehen konnte, wie vereinsamt sie sich vorkamen. Auf den ersten Blick mußte man erkennen, daß die beiden, ein älterer Mann und ein junges Mädchen, niemand anderes sein konnten, als polnische Bauern. Sie waren tatsächlich vereinsamt, denn sie verstanden kein Wort Deutsch.

Der Mann hieß Lorenz Toporek; das Mädchen, Maryscha mit Namen, war seine Tochter. Sie reisten nach Amerika und waren eben zum ersten Male auf das Verdeck gekommen. Auf ihren von der Seekrankheit bleichen Gesichtern malte sich Erstaunen und Furcht zugleich. Sie ließen die erschrockenen Blicke über die Reisegefährten, die Matrosen und das ganze Deck schweifen, betrachteten angstvoll den schwer ächzenden, großen Schornstein und die mächtigen schaumgekrönten Wellen, welche bis zu Maryscha über Bord des Schiffes spritzten. Maryscha hielt sich am Arme des Vaters und klammerte sich bei jeder Schwankung des Schiffes fester an ihn. Beide verharrten schweigend. Endlich unterbrach der Vater das Schweigen indem er rief:

»Maryscha!«

»Was soll es, Vater«, frug das Mädchen.

»Siehst Du?« sagte der Alte.

»Freilich sehe ich«, war die Antwort.

»Und wunderst Du Dich?«

»Freilich wundere ich mich«, sagte Maryscha.

Sie fürchtete sich aber mehr, als sie sich wunderte und der alte Toporek ebenfalls. Glücklicherweise beruhigte sich jetzt der Wellenschlag etwas, der Wind hörte auf zu wehen und die Sonne brach durch die Wolken.

Als die beiden die »geliebte Sonne« erblickten, wurde ihnen leichter um's Herz, denn sie dachten, daß sie hier genau so scheine wie ihn Lipiniez. Alles um sie her war ihnen ja fremd, neu und unbekannt, nur sie nicht, diese Strahlen, die ihnen plötzlich wie ein treuer Freund, wie ein Beschützer erschienen.

Immer mehr glättete sich das Meer, die Segel hingen schlaff herab und vom anderen Ende des Schiffes her ertönte die Signalpfeife des Kapitäns. Sofort eilten die Matrosen herzu, sie zu befestigen. Der Anblick dieser in der Luft schwebenden, über dem Abgrund hängenden Menschen, versetzte den Alten und seine Tochter wiederum in Staunen.

»Unsere Jungen würden das nicht fertig bringen«, sagte Toporek.

»Wenn die es hier fertig gebracht haben, klettert der Jaschu auch hinauf«, entgegnete Maryscha.

»Welcher Jaschu? Der Jaschu Sobek?« frug der Vater.

»Ach woher denn. Ich meine den Jaschu Smolak, den Bereiter«, versetzte die Tochter.

»Er ist ein netter Bursche«, meinte der Alte, »aber schlage ihn Dir aus dem Sinn. Er ist nicht für Dich und Du nicht für ihn. Du fährst nach Amerika, um eine Dame zu werden, er bleibt Bereiter in Lipiniez, da mag nur die ganze Sache auch bleiben wie sie ist.«

»Er hat doch aber auch einen kleinen Hof«, warf Maryscha ein.

»Ja, aber einen in Lipiniez.«

Maryscha antwortete nicht mehr, aber sie dachte: »was Einem bestimmt ist, dem entgeht man nicht.«

Das Schiff zog jetzt ganz ruhig auf der glatten Fläche dahin. Immer neue Gestalten fanden sich auf dem Verdeck ein, Arbeiter, deutsche Bauern, Müßiggänger aus allen Weltteilen. Es entstand ein dichtes Gedränge. Lorenz und seine Tochter drückten sich, um niemandem im Wege zu sein, in eine Ecke, wo sie sich auf einer Rolle Schiffstaue niederließen.

»Müssen wir noch lange auf dem Wasser fahren, Väterchen?« frug Maryscha nach einer Weile.

»Wenn ich das wüßte!« war die Antwort. »Hier kann ja keiner polnisch antworten.«

»Wie werden wir uns da in Amerika verständigen?« fuhr das Mädchen fort zu fragen.

»Hast Du nicht gehört, wie man uns sagte, daß in Amerika eine ganze Menge der Unserigen sich befinden?« entgegnete der Alte.

»Väterchen?«

»Was gibt es?«

»Man muß sich hier über Vieles wundern und staunen, das ist wahr, aber – die Wahrheit zu sagen – in Lipiniez war es besser.«

»Lästere nicht!« rief der Vater ärgerlich.

Nach einer Weile aber setzte er sanfter, wie im Selbstgespräch hinzu: »Gottes Wille geschehe! ...«

Dem Mädchen füllten sich die Augen mit Tränen. Beide verfielen gleich darauf in tiefes Sinnen. Lorenz Toporek dachte darüber nach, warum er auf der Reise nach Amerika sei, und wie das so gekommen war. Wie war es gekommen? Vor rund einem halben Jahre, im Sommer, hatte man ihm die Kuh gepfändet, weil sie auf fremdem Acker in's Futter gegangen. Der Nachbar, welcher sie gepfändet, verlangte drei Mark Schadenersatz. Toporek hatte nicht zahlen wollen, die Kuh blieb als Pfand. Man war in's Gericht gegangen, die Angelegenheit blieb schweben bis zur Fällung des Urteils, die Kosten wuchsen schnell von Tag zu Tag. Lorenz glaubte sich im Recht; ihn dauerte das viele Geld, er wollte das Recht erzwingen.

Aber es ließ sich nicht zwingen; er verlor den Prozeß. Die Prozeßkosten hatten sein Bargeld aufgezehrt, die Unterhaltungskosten der Kuh mußten durch Pfändung seines Inventars gedeckt werden. Man nahm ihm das Pferd, und da gerade die Ernte begonnen hatte, so konnte er sein Getreide nicht rechtzeitig einbringen, Regengüsse kamen, es war bald ausgewachsen. Toporek sah sich im Elend, noch ehe dasselbe wirklich da war; er verlor die Besinnung um so mehr, da er bisher ein wohlhabender Mann gewesen, und um die Gedanken an kommende Not zu bannen, griff er zu dem gebräuchlichsten Mittel, – er fing an zu trinken.

Im Wirtshause lernte er einen Agenten kennen, welcher unter dem Vorwande Flachskäufe abzuschließen, Menschen zur Auswanderung nach Amerika warb. Er versprach jedem Einzelnen dort so viel Land und Wald, als ganz Lipiniez zusammen nicht umfaßte. Zuerst glaubte Toporek nicht recht an die Erfüllung solcher Versprechungen, als aber der alte Jude, welcher Inhaber der Gastwirtschaft war, beistimmte und erzählte, er wisse von seinem Enkelsohn, daß man in Amerika Land geschenkt bekomme so viel man wolle, da leuchteten die Augen Toporeks begehrlich auf, er verkaufte seine ganze Habe und beschloß nach Amerika auszuwandern. Was sollte er denn noch hier? Die Not kam auf ihn zu, wie ein drohendes Ungewitter. Der Prozeß hatte ihn so viel Geld gekostet, daß er kaum noch einen Knecht würde halten können. Oder sollte er vielleicht betteln gehen hier, wo jedermann ihn kannte? Er ordnete bis Michaeli alle seine Angelegenheiten, dann hatte er den Rest seines Geldes und seine Tochter genommen und – nun war er auf dem Wege nach Amerika.

Die Reise hatte nicht zum besten angefangen. In Hamburg war ein großer Teil seines Geldes daraufgegangen. Er reiste mit seiner Tochter als Zwischendeck-Passagier, die Unendlichkeit des Meeres, das Schaukeln des Schiffes erschreckte ihn. Niemand verstand seine Sprache, er verstand die anderen nicht, man spottete über ihn und Maryscha.

Wenn zur Mittagszeit alles nach der Küche drängte, um sich vom Koch die Rationen verteilen zu lassen, da stieß man sie und drängte sie zurück, so daß oft nichts für sie übrig blieb und sie mit leerem Magen schlafen gehen mußten. Er fühlte sich einsam und verlassen mit seinem Kinde unter den fremden Menschen und nur Gottes Schutz über sich. Vor seiner Tochter verbarg er sorgfältig, was er dachte und fühlte; er frug nur immer, ob sie alle die neuen Dinge, welche sie zu Gesicht bekommen, nicht mit Staunen erfüllten. Er selbst traute niemanden, und zuweilen überfiel ihn eine Angst, daß diese »Heidenvölker«, wie er still für sich seine Reisegenossen nannte, sie beide eines Tages in's Wasser werfen, oder irgend einen Pakt mit dem Bösen zu unterschreiben zwingen könnten.

Das Schiff selbst, welches sich vom Dampfe getrieben, so von selbst fortbewegte und wie ein Drache pfauchte, erschien ihm verdächtig – eine unreine, gefährdende Gewalt. Eine kindische Furcht bemächtigte sich seiner beim Anblick so vieler Dinge, die sein Verstand nicht zu fassen vermochte. Tatsächlich befand sich dieser polnische Bauer, losgetrennt von der heimatlichen Scholle, wie er es war, in der gleichen Lage mit einem hilfs- und schutzbedürftigen Kinde.

Es war daher nicht zu verwundern, wenn jetzt der Kopf des auf der Rolle Schiffstaue sitzenden Mannes tief auf seine Brust herabsank unter der Last der Ungewißheit und der Sorgen. Seine Lippen murmelten leise den Namen seines Heimatdorfes »Lipiniez«; ihm war, als bringe die Sonne, die auch jenes Dorf beschien und der Luftzug, der über das Wasser zog, ihm Grüße von dort zu und die Frage der Nachbaren: »Wie geht es Dir Lorenz?«

Es waren Gedanken ganz anderer Art, welche Maryscha inzwischen beschäftigten, nur die gleiche Sehnsucht hatten sie mit denen des Vaters gemein. Sie flossen rückwärts mit dem Kielwasser des Schiffes, mit den Möven flogen sie den östlichen Gestaden zu. Kurz zuvor ehe sie abgereist waren, hatte sie in Lipiniez am Brunnen gestanden, daran mußte sie denken. Es war im Herbst, sie wollte Wasser schöpfen, die ersten Sterne blinkten eben am Himmelszelt. Sie zog am Schwengel den vollen Eimer herauf und sang dabei: »Jasiek will die Pferde tränken – Kasia gießt das Wasser aus« – (ihr wurde sehr wehmütig bei dieser Erinnerung). – Da tönte ein Pfiff vom Walde herüber, langgezogen, wie der Ton einer Saftpfeife. Jaschu Smolak wollte ihr damit sagen, daß er den Brunnenschwengel in die Höhe steigen gesehen und daß er sogleich von den

Wiesen herkommen werde. Bald darauf ertönte Pferdegetrappel, die Erde dröhnte unter dem Galopp der Tiere, jetzt hielt er sie mit einem Ruck an, sprang vom Braunen herab und schüttelte seine Flachsmähne. Was Jaschu ihr damals gesagt, klang ihr noch jetzt wie Musik in den Ohren. Sie schloß die Augen und träumte, Jaschu stehe neben ihr und flüstere wie damals mit vor Aufregung bebender Stimme:

»Wenn Dein Vater sich durchaus nicht von der Auswanderung abbringen lassen will, so werde ich das Angeld auf den Jahreslohn bei Hofe zurückgeben, mein Anwesen verkaufen und Euch nachkommen … Marysch mein«, – hatte er gesagt – »Dir nach fliege ich mit den Kranichen, mit den Enten durchschwimme ich die Wasser und als goldener Reif will ich die Landstraßen durchrollen. Wo Du auch seist; ich finde Dich, Einzige! Ist denn ohne Dich ein Glück zu denken? Wo Du bist, will ich sein, was Dir geschieht, soll mir geschehen. Wir zweie sind eins im Leben und Sterben, und wie ich Dir hier bei diesem reinen Wasser schwöre, so möge Gott mich verlassen, wenn ich Dich je verlasse, Marysch, meine einzige!«

Während sie diese Worte zu hören glaubte, sah sie jenen Brunnen, den Vollmond über dem Walde und Jaschku leibhaftig vor sich. Das gewährte ihr einigen Trost. Jaschku war ein resoluter Bursche! er wird halten, was er versprochen. O wäre er jetzt hier, es wäre viel fröhlicher, zusammen mit ihm dem Brausen des Meeres zu lauschen. Was mochte er jetzt in Lipiniez machen? Gewiß lag dort schon hoher Schnee! Ob er wohl mit der Axt in den Wald zu den Holzfällern geht, oder ob er die herrschaftlichen Pferde besorgt? Wo mochte er sein, der Herzgeliebte? Dem Mädchen stand plötzlich das ganze Dorf vor Augen, so wie es jetzt aussehen mußte. Der Schnee knarrt unter den Füßen der Menschen aus der Dorfstraße, das Abendrot leuchtet durch die blätterlosen, vom Rauhreif bedeckten Baumäste, ein Flug Krähen zieht krächzend vom Walde her dem Dorfe zu, Rauchwölkchen steigen aus den Schornsteinen der strohgedeckten Hütten, der Brunnenschwengel ruht angefroren am Geländer des Brunnens und in der Ferne schimmert der mit Schnee überstreute Wald, von der Abendröte warm angehaucht, rosig herüber.

Ach und wo war sie jetzt! Wohin hatte ihres Vaters Wille sie geführt! Überall, wohin das Auge auch suchend schweift, nichts als Wasser grünlich durchfurcht, mit Schaumkämmen, und in dieser unermeßlichen nassen Wüste nichts, als das Schiff, auf dem sie waren, eine verirrte Möve, darüber das Himmelsgewölbe, ringsum das unaufhörliche Tosen und Brausen der Wasser, bald pfeifend, gurgelnd, bald kläglich wie das Weinen eines Kindes und vor sich die unbekannte grausige Ferne.

Armer Jaschu, wie wirst du sie finden, wohin ihr folgen? Wirst du deiner Maryscha wie die Ente nachschwimmen, oder wie die Kraniche fliegen, oder wie der Reif rollen? Denkst du wohl ihrer in Lipiniez jetzt auch?

Allmählich war die Sonne unter die Fluten des Meeres getaucht. Ein breiter Lichtstrom, der letzte Schein der Scheidenden, lag auf den Wellen, und als nun das Schiff in diesem schillernden, leuchtenden Glutstrom seinen Weg fortsetzte, sah es aus, als jage es der sinkenden Sonne nach. Die dem Schornstein entsteigende Rauchwolke war rot, die Leinen, die Taue, die feuchten Segel in rosiges Licht getaucht, die Matrosen sangen, während der Lichtkreis immer kleiner wurde, bis er endlich nur noch einen lichten Streifen bildete, da, wo die Sonne untergegangen. Man konnte kaum noch unterscheiden, wo das Meer sich von der Luft abgrenzte; es verschwamm alles in diesem Lichtstreifen. Das Meer murmelte leise, als spreche es sein Abendgebet.

In solchen Augenblicken fühlt der Mensch sich gehoben. Die Seele bekommt Flügel und was Liebes in der Ferne ihr weilt, dem fliegt sie auf sehnsüchtigen Schwingen zu.

Lorenz und Maryscha fühlten das jetzt auch. Sie erkannten in dieser Stunde, daß nicht das Land ihre Heimat werden würde, welchem der feuchte Wind sie zutrieb, sondern, daß der Baum ihres Lebens tief wurzelte in jenem Erdstrich, den sie verlassen, in dem Stück heimatlicher Erde, wo die goldenen Ähren im Sommer wogen, die Wiesen bunt blühen und Luft und Wasser von lustigen Vögelscharen wimmeln, wo in den Dörfern die strohgedeckten Hütten stehen, stattliche Herrensitze sich bereiten und wo der Mensch den Menschen mit dem Gruße anspricht: »Gelobt sei Jesus Christus«, welchen der Andere erwidert mit dem Gegengruß: »In alle Ewigkeit, Amen!« Alle die Gefühle, welche bisher den beiden einfachen Menschen unbekannt geblieben waren, stürmten in dieser Stunde gewaltig auf sie ein. Der alte Toporek nahm die Mütze ab. Das Abendrot beleuchtete seine grau melierten Haare, in seinem Gesicht arbeitete es heftig, man sah, daß es ihm schwer wurde, einen Ausdruck für das zu finden, was er seiner Tochter gern sagen wollte. Endlich stammelte er:

»Mir ist so, Marysch, als hätten wir dort etwas zurückgelassen.« Bei diesen Worten wies er mit der Hand rückwärts nach Osten zu.

»Unser Glück, unser Lieben ist dort zurückgeblieben«, antwortete das Mädchen, während sie die Augen wie zum Gebet nach Oben richtete.

Es war unterdessen finster geworden; die Passagiere begannen das Verdeck zu verlassen. Trotzdem herrschte auf dem Schiffe ein ungewöhnlich reges Leben. Oftmals pflegt einem so schönen Sonnenuntergange ein Unwetter zu folgen, deshalb ertönten die Signalpfeifen der Offiziere unablässig und die Matrosen arbeiteten unablässig am Takelwerk. Ein dichter Nebel stieg am Horizont auf, welcher von Minute zu Minute sich weiter über das Wasser verbreitete und bald den ganzen Gesichtskreis, ja sogar das Schiff umhüllte. Eine Stunde später sah man die Matrosen in der dicken Luft nur noch wie Schatten und noch etwas später auch sie nicht mehr, noch den Schornstein, noch die brennende Schiffslaterne. Alles war in einen weißlichen Dunst gehüllt.

Das Schiff lag unbeweglich still; die Nacht sank lautlos und finster herab. Plötzlich ertönte vom Horizont her ein seltsames Geräusch. Es klang wie das schwere Atmen aus gepreßter Brust. Dann schien es, als töne ein Ruf durch die Finsternis, dann wie ein Rufen und Stöhnen verschiedener Stimmen durcheinander, welche aus der grenzenlosen Weite auf das Schiff zukamen, näher und näher. Der Kapitän stand, in einen Gummimantel gehüllt, am Vordersteven, der Leutnant auf seinem Platze. Außer Toporek und seiner Tochter befand sich niemand mehr von den Passagieren auf Deck. Nun verließen auch sie es, um in den gemeinschaftlichen Schlafsaal im Zwischendeck hinunterzugehen.

Derselbe war groß, aber düster. Das Licht der Lampen, welche von der niedrigen Decke herabhingen, erhellte den Raum und die in Häufchen um ihre Betten zusammensitzenden Auswanderer nur spärlich. Die Luft darin war gesättigt von dem Geruch geteerter Leinwand, der Feuchtigkeit ausströmenden Schiffstaue und des Seetang. Gewöhnlich wirkt die zweiwöchentliche Überfahrt, verbunden mit dem Aufenthalt in diesem Räume, äußerst schädlich auf die Lungen der Reisenden. Auch Lorenz und Maryscha spürten die Folgen davon schon, obgleich sie erst wenige Tage unterwegs waren. Die Seekrankheit und die schlechte Luft hatten ihre Wangen gebleicht und ihre Konstitution geschwächt, umso mehr, als sie bis heute nicht gewagt hatten, den Saal zu verlassen im Glauben, das sei nicht erlaubt. Auch hatten sie ihre Sachen hüten wollen. So setzten sie sich gleich den anderen Reisegenossen auch wieder zu den ihrigen. Das Reisegepäck der Auswanderer lag in Bündeln im ganzen Saale umher. Betten, Kleidungsstücke, Mundvorräte, verschiedenes

Kochgeschirr lag in buntem Durcheinander auf der Diele, während die Menschen teils auf ihnen, teils um sie herum saßen. Die einen kauten Tabak, andere rauchten. Der Qualm aus den Tabakspfeifen stieg empor zu der niedrigen Decke, stieß sich dort ab und zog in langen Streifen daran hin, das Lampenlicht verschleiernd. Ein paar Kinder weinten in den Winkeln, sonst herrschte tiefe Stille, denn der Nebel draußen hatte alle Gemüter traurig und ängstlich gemacht. Die Erfahreneren unter den Auswanderern wußten, daß er der Vorläufer eines Sturmes sei, niemand verhehlte sich mehr, daß eine Gefahr, möglicherweise der Tod nahe. Lorenz und Maryscha, welche sich mit Niemanden verständigen konnten, wußten von alledem nichts. Aber die eigentümlichen Töne, die zu ihnen drangen, sobald jemand die Türe öffnete, erfüllten auch sie mit heimlichem Grausen.

Man hatte sie, wie das schüchternen, in der Fremde ratlosen Menschen oft geschieht, in den schmälsten Teil des Saales, zunächst des Vorderteiles gedrängt, wo die Schwankungen des Schiffes am meisten sich bemerklich machten. Der Alte stillte seinen Hunger an einem Stück Brot, welches er aus Lipiniez mitgenommen, und das Mädchen, welchem der Müßiggang ein Greuel war, flocht sich die Zöpfe zur Nacht.

Sie wunderte sich zuletzt doch über die unheimliche Stille, die den sonst so lauten Raum erfüllte.

»Warum sprechen die Menschen heute gar nicht?« frug sie den Vater.

»Ich weiß es nicht!« antwortete Toporek. »Sie müssen wohl irgend einen Feiertag morgen haben, der ihnen am Vorabend Schweigen auferlegt, oder so etwas ...«

Plötzlich unterbrach ein heftiger Stoß seine Rede. Das Schiff knarrte in allen Fugen. Die Blechgeschirre flogen klappernd durcheinander, die Lampen lohten hell auf und flackerten dann hin und her. Einige Stimmen schrieen ängstlich durcheinander.

»Was soll das sein? Was bedeutet das?« frug Lorenz.

Aber er erhielt keine Antwort. Dem ersten Stoß folgte bald ein zweiter, heftigerer, der das ganze Schiff in's Schwanken brachte. Sein Vorderteil wurde in die Höhe gehoben, und ebenso plötzlich wie das geschehen, schien es in eine unermeßliche Tiefe zu sinken. Gleichzeitig schlug eine Sturzwelle mit lautem Getöse an die eine Schiffswand.

»Ein Sturm kommt«, flüsterte Maryscha erschrocken.

Jetzt brauste es die Schiffswände entlang, wie wenn ein heftiger Sturmwind sausend durch die Wipfel eines Waldes fährt, daß die Kronen sich tief neigen. Gleich darauf heulte es ringsum, als ob eine Heerde Wölfe ihre Stimmen ertönen ließen, und im nächsten Augenblicke legte der Sturm das Schiff ein, zwei Mal auf die Seite, drehte es im Kreise herum, riß es in die Höhe und schleuderte es in den Abgrund. Die Schiffswände krachten, der ganze Rumpf ächzte und stöhnte wie ein Kranker, die Gepäckstücke der Reisenden, die Kochgeschirre, Betten und Mundvorräte flogen von einem Winkel in den anderen. Ein Chaos entstand. Einzelne Bettstücke waren an Nägeln hängen geblieben, zerrissen; die Federn flogen umher, einige Menschen wurden umgeworfen, die Cylinder der Lampen klirrten melancholisch.

Die über das Deck hereinbrechenden Sturzwellen verursachten ein Brausen, Poltern, Plätschern, welches tosend bis in das Zwischendeck hinunter drang. Dazu schrieen die Frauen, die Kinder weinten, die Männer suchten das Gepäck zu befestigen und all' diesen Lärm übertönte der gellende Pfiff der Signalpfeifen. Zuweilen nur konnte man die Tritte der auf dem Vorderdeck herumlaufenden Matrosen vernehmen.

»Heilige Jungfrau von Tschenstochau!« flüsterte Maryscha.

Ein neuer Anprall hob das Vorderteil des Schiffes haushoch in die Höhe, um es ebenso schnell wieder sinken zu lassen. Obgleich sich beide mit aller Kraft festklammerten, wurden sie so hinuntergeschleudert, daß sie wiederholt heftig an die Schiffswand schlugen. Das Gebrüll der Wogen übertönte jedes andere Geräusch während das Holz der Decke aus den Fugen zu weichen und herabzustürzen drohte.

»Halte Dich fest Marysch!« schrie Lorenz mit aller Kraft, um das Toben der Wasser zu übertönen. Bald aber schnürte die Angst ihm und den anderen die Kehle zu. Die Kinder hatten zu weinen aufgehört, das Geschrei der Frauen war verstummt, man hörte nur heftiges schnelles Atmen, ein jeder suchte sich mit äußerster Anstrengung an irgend einen festen Gegenstand zu klammern.

Die rasende Wut des Sturmes hatte aber ihren Höhepunkt noch nicht erreicht. Die Elemente waren entfesselt, der Nebel verdichtete sich noch mehr. Wolken, Wasser, Sturm und Gischt verbanden sich miteinander, um die Schrecknisse der Nacht noch zu vergrößern. Donnernd schlugen die Wogen bald über dem Schiff zusammen, bald warfen sie es seitwärts, spielten mit ihm, wie mit einem Ball, es flog nach rechts, links, stieg hoch empor bis an die Wolken, kurz es war ein gräßlicher Kampf mit den Elementen. Die Öllampen im Schlafsaal verlöschten eine nach der anderen. Es wurde immer dunkler in demselben, und Toporek glaubte nicht anders, als die Nacht des Todes sei für alle angebrochen.

»Marysch!« rief er mit halberstickter Stimme. – »Verzeihe mir, daß ich Dein Verderben verschuldet habe. Unsere letzte Stunde ist gekommen, wir werden die Welt mit unseren sündigen Augen nicht mehr sehen. Wir müssen ohne Beichte, ohne die Sakramente in den Tod gehen, zum letzten Gericht, wir werden nicht in der stillen Erde ruhen, sondern auf dem Grunde des Meeres werden unsere Gebeine bleichen. Du armes Kind!«

Als Maryscha den Vater so sprechen hörte, fing sie selbst an zu glauben, es gäbe keine Rettung mehr für sie. In ihr schrie etwas auf! Eine Stimme rief in ihrer Brust:

»Jaschku, Jaschku, Herzlieber, hörst Du mich in Lipiniez?«

Ihr wurde so todestraurig, daß sie laut zu schluchzen anfing. Das Schluchzen tönte durch den Raum, während der Sturm eine Pause zu machen schien, mitten in das Grabesschweigen der anderen hinein. Da rief eine Stimme: »Still dort!« Im selben Augenblick erlosch wieder eine der Lampen. Es wurde noch dunkler. Die Menschen rückten näher zusammen, das Schweigen des Schreckens lagerte über ihnen. Da tönte laut und vernehmlich in die Stille die Stimme Toporeks:

»Kyrie Eleyson!«

»Christe Eleyson!« antwortete schluchzend das Mädchen.

»Christe erhöre uns!

»Gott Vater im Himmel, erbarme Dich unser!« Sie beteten die Litanei. Die Stimme des Alten und das von Schluchzen unterbrochene Antworten des Mädchens, übten eine beruhigende Wirkung auf die anderen aus; eine feierliche Stimmung bemächtigte sich ihrer, einige der Auswanderer entblößten die Häupter und schienen still mitzubeten. Die Stimme Maryschas gewann immer mehr an Festigkeit, sie sprach ruhiger, während das Toben des Sturmes von Außen her das Gebet begleitete.

Da plötzlich schrieen die der Tür zunächst Stehenden laut auf. Eine Sturzwelle hatte die nach dem Zwischendeck führende Tür aufgedrückt, ein Wasserstrahl ergoß sich plötzlich von oben herab in den Saal und drang bis in die äußersten Winkel. Die Frauen schrieen laut und stiegen auf die Bettstellen. Alle glaubten, das Ende sei da.

Einen Augenblick später trat der diensttuende Leutnant herein. Er hielt eine Laterne in der Hand, war ganz durchnäßt, sein Gesicht von der angestrengten Arbeit gerötet. Mit wenigen Worten beruhigte er die

Frauen, indem er erklärte, daß nur ein Zufall das Eindringen des Wassers verschuldet habe, daß die Gefahr nicht so groß sei, weil das Schiff auf offener See schwimme.

Noch zwei, bis drei Stunden tobte der Sturm, bald rasend heftig, bald etwas nachlassend. Allmälich beruhigten sich die Gemüter. Endlich schien es draußen zu dämmern. Ein blasser Lichtschimmer stahl sich durch das dicke Glas des Deckenfensters. Nachdem Lorenz und Maryscha alle Gebete verrichtet, die sie auswendig wußten, hüllten sie sich in ihre Schlafdecken und verfielen bald in tiefen Schlaf.

Sie wurden erst geweckt, als der Ton der Glocke zum Frühstück rief. Aber sie konnten nichts genießen. Ihre Köpfe waren schwer wie Blei! Lorenz befand sich noch schlimmer als seine Tochter. Er war außer sich. Der Agent, welcher ihn für die Auswanderung gewonnen, hatte ihm zwar gesagt, daß sie über das Wasser fahren würden, er hatte aber niemals gedacht, daß das Meer so groß sei. Er hatte gemeint mit einem Prahm hinüber zu kommen. Niemals hätte er sich auf dieses große Wasser begeben, wenn er es vorher gekannt hätte. Außerdem quälte ihn unaufhörlich der Gedanke, daß er sein und seiner Tochter Seelenheil leichtsinnig in Gefahr gebracht hatte. War das nicht eine große Sünde für einen Katholiken aus Lipiniez? War das nicht Gott versucht? Seine Gewissensbisse sollten während der nächsten sieben Tage noch zunehmen, denn der Sturm hielt volle achtundvierzig Stunden an, dann erst fingen die Wolken an zu brechen, der Nebel schwand allmälich. Endlich wagte Lorenz mit seiner Tochter wieder auf das Verdeck zu gehen, als sie aber die noch sehr hoch gehenden schwarzen Wasserberge, mit ihren Schlünden und Abgründen erblickten, mußten beide wieder denken, daß nur Gottes Hand allein sie glücklich bewahren könne.

Endlich wurde der Himmel wieder heiter. Aber ein Tag nach dem anderen verging, ohne daß etwas anderes als Wasser rings zu sehen gewesen wäre. Bald schillerte die Flut grün, bald wie der Himmel blau, mit dem sie in Eines zusammenzufließen schien. Am Firmament tauchten von Zeit zu Zeit kleine weiße Wölkchen auf, welche sich gegen Abend rosig färbten und dann im fernen Westen verschwanden. Das Schiff schwamm ihnen unablässig nach. Das wiederholte sich täglich und Lorenz fing tatsächlich an zu glauben, daß das Meer endlos sei. Zuletzt faßte er Mut und beschloß, noch einmal eine Frage zu wagen. Eines Tages nahm er seine viereckige Mütze vom Kopfe, verneigte sich ehrfurchtsvoll vor einem vorübergehenden Matrosen und sagte demütig:

»Werden wir nicht bald an eine Landungsstelle kommen, gnädiger Herr?«

Und o Wunder! Der Matrose brach nicht in schallendes Gelächter aus, wie die anderen, wenn er zu sprechen anfing, sondern blieb stehen und horchte auf. Auf dem wettergebräunten Gesicht entwickelte sich ein lebhaftes Mienenspiel, es sah aus, als versuche er, sich auf etwas zu besinnen. Nach einer Weile frug er:

»Was?«

»Ich frage, ob wir bald an das Land kommen?« antwortete Lorenz.

»Zwei Tage! Zwei Tage!« brachte der Matrose mühsam in polnischer Sprache heraus, indem er gleichzeitig zwei Finger emporhob.

»Ich danke ergebenst«, beeilte sich Lorenz zu sagen.

»Woher seid ihr?« frug der Matrose polnisch.

»Aus Lipiniez«.

»Was ist das Lipiniez?« frug er nun deutsch.

Maryscha, welche während der Unterhaltung herbeigekommen war, richtete mit schüchternem Erröten die Augen zu dem Matrosen empor und sagte mit sanfter Stimme:

»Wir sind aus Posen, mein Herr!«

Der Matrose sah unverwandt auf den Kopf eines großen kupfernen Nagels, welcher die Bordwände miteinander verband, endlich sah er das Mädchen an, betrachtete ihren Flachskopf wie etwas Wunderbares, dann zog es wie Rührung über die harten Züge, zuletzt brachte er ernst und langsam, halb polnisch, halb deutsch gesprochen, die Worte hervor:

»Ich war in Danzig … verstehe polnisch … Ich bin ein Kassube … Euer Bruder, aber das ist lange her! – Jetzt bin ich deutsch …«

Nach dieser Rede griff er nach dem Tauende, welches er bei der ersten Frage Toporeks hatte fallen lassen, drehte den beiden den Rücken und nach Matrosenart »ho! ho! o!« rufend, begann er daran zu ziehen …

Von da ab lachte er sie immer freundlich an, so bald er Lorenz und Maryscha auf Deck sah und in ihre Nähe kam. Auch sie freuten sich sehr über ihre Bekanntschaft, denn nun hatten sie auf dem Schiffe unter den vielen fremden Menschen doch eine wohlwollende Seele, welcher sie sich im Notfalle anvertrauen konnten. Die Reise sollte ja auch nicht mehr lange währen. Zwei Tage später, als sie am frühen Morgen auf Deck kamen, erblickten sie zu ihrer Verwunderung in der Ferne einen großen schwimmenden Gegenstand auf dem Wasser. Als sie sich mit dem Schiffe ihm näherten, sahen sie erstaunt, daß es eine große rote

Tonne war, welche sanft von den Wellen hin und her geschaukelt wurde. In einiger Entfernung tauchte bald noch eine, eine dritte, vierte Tonne auf. Über der See lag es wie ein leichter, durchsichtiger Schleier, sie schimmerte silbergrau und nur sanft kräuselte sich ihre Oberfläche. Soweit das Auge reichen konnte lag sie still, nur eine immer sich vermehrende Zahl Tonnen kam allmählich in Sicht. Unzählige Scharen weißer Vögel mit schwarzen Flügeln sammelten sich um das Schiff und folgten ihm auf seiner Fahrt. Auf dem Verdeck wurde es lebendig. Die Matrosen scheuerten dasselbe, putzten die messingenen Beschläge und Bänder blank, welche die Bordwände zusammen hielten, wuschen die Fenster und zogen, als diese Arbeit beendet war, frische Jacken an. Eine Fahne wurde am Mast aufgezogen, eine zweite auf dem Hinterdeck angebracht.

Die Reisenden überkam eine neue Lebensfreudigkeit und eine ungewohnte Rührigkeit. Alles, was lebte, erschien auf Deck. Man begann Gepäckstücke heraufzutragen und festzuschnallen.

Alle diese Vorbereitungen gaben Maryscha die Gewißheit, daß sie nun bald am Ziele ihrer Reise angelangt seien.

Neue Hoffnung bemächtigte sich ihrer und ihres Vaters, als nun westlich die erste Insel, Sandy-Hok, in Sicht kam und bald darauf eine zweite, mit einem in ihrer Mitte stehenden großen Gebäude. In der Ferne schwebte es wie verdichteter Nebel, eine Rauchwolke oder derartiges; undeutlich verschwommene, gestaltlose Gegenstände, bei deren Anblick eine große Bewegung auf Deck entstand. Fast alle Anwesenden wiesen mit den Händen darauf hin, sprachen lebhaft miteinander, dazwischen pfiff die Dampfpfeife, daß es gellte.

»Was ist das dort?« frug Lorenz den neben ihm stehenden Kassuben.

»New-York!« antwortete dieser.

Nun begannen Rauch und Nebel sich zu teilen, zu zerstieben. Die Umrisse von Häusern, Dächern, Schornsteinen, spitzen Türmen wurden sichtbar und traten immer deutlicher aus dem Dunst hervor. Neben den Türmen tauchten hohe Fabrikschlote auf mit hohen Rauchsäulen darüber, welche hoch oben in der Luft in einzelne Bündel sich auflösten. Unten vor der Stadt ein Wald von Masten, von deren äußersten Spitzen tausende bunte Wimpel wehten, von der leichten Brise anmutig hin und her bewegt.

Immer näher kam das Schiff der schönen Stadt, welche aus dem Meere emporzutauchen schien. Lorenz war von einer überwältigenden Freude erfüllt. Er hatte die Mütze abgenommen und starrte mit offenem

Munde und trunkenen Augen die Wunder der neuen Welt an. Endlich rief er seine Tochter:

»Marysch!«

Das Mädchen, welches ebenso staunte, wie der Vater über das, was um sie her vorging, jauchzte freudig auf:

»O Gott, wie schön!«

»Siehe doch, sieh!« rief der Alte.

»Ich sehe ja.«

»Wunderst Du Dich nicht?«

»Freilich wundere ich mich«, entgegnete Maryscha.

Lorenz aber konnte kaum noch den Augenblick erwarten, wo er das Land betreten würde. Während er die grünen Ufer zu beiden Seiten des Hafens und die dunklen Parkbäume betrachtete, sprach er weiter:

»Ei nun, das gefällt mir. Wenn man uns gleich hier in der Nähe der Stadt ein Stück Land mit Wiese geben wollte, so hätten wir es nicht weit zu Markte. Wenn Jahrmarkt ist, könnte man bequem Kuh und Schwein zum Verkauf hineinführen. Man merkt, das Land ist sehr bevölkert. In Polen war ich ein Bauer, hier werde ich Herr sein.«

Das Schiff fuhr soeben an dem wunderschönen National-Park vorüber, welcher sich seiner ganzen Länge nach am Hafen hinzog. Als Lorenz die herrlichen Baumgruppen und Bosketts erblickte, fuhr er fort in seinem Selbstgespräch:

»Ich werde den gnädigen Herrn Kommissar von der Regierung ganz demütig bitten und sehr geschickte Worte suchen, damit er mir wenigstens zwei Gewände dieses Waldes hier schenkt. Die nötigen Äcker selbstverständlich dazu. Wenn ich ein Herr sein will, muß ich auch eine Herrschaft haben. Ich kann dann ausholzen und früh immer den Knecht mit dem Holzwagen in die Stadt schicken. Gott sei Dank! Der Agent hat mich nicht betrogen.«

Auch Marysch träumte sich nun als Herrin eines Gutes hier. Sie wußte selbst nicht, woher die Fröhlichkeit kam, von der sie gegenwärtig erfüllt war. War es der Gedanke an Jaschu, der sie ihr brachte? Sie sah im Geiste ihn schon hier landen und sich zu seiner Begrüßung an den Hafen eilen, sie - eine Gutsbesitzerin.

Inzwischen war das von der Quarantänestation gesandte Boot am Schiff angelangt. Vier bis fünf Männer kamen an Bord. Zurufe und Hinundwiderreden wurden laut. Diesem Boote folgte bald ein zweites direkt aus der Stadt. Es brachte Agenten aus den Hotels und *Boarding-*

houses, Führer, Geldwechsler, Eisenbahnagenten. Alle diese Menschen riefen, schrieen und lärmten durcheinander, es begann ein Stoßen und Hinundherschieben auf Deck.

Lorenz und Maryscha wußten in diesem Wirrwarr nicht mehr was sie tun sollten. Da kam der Kassube und riet ihnen, gleich hier ihr Geld zu wechseln. Er wollte ihnen behilflich sein und dafür sorgen, daß sie dabei nicht betrogen würden. Toporek erhielt für das, was er besaß, siebenundvierzig Silberdollars. Während alles das auf dem Schiffe sich begab, war dasselbe der Stadt so nahe gekommen, daß man nicht nur die Häuser, sondern auch die davorstehenden Menschen unterscheiden konnte. Das Bollwerk stand dichtgedrängt voll Männer und Frauen, die der Ankunft des Schiffes entgegen sahen. Es lavierte jetzt zwischen größeren und kleineren Fahrzeugen hindurch, lief in die Docks ein und ließ dann die Anker fallen.

Die Seereise war zu Ende.

Die Menschen strömten der Stadt zu, es wirbelte auf dem Schiffsdeck wie in einem Bienenstock, auf der schmalen Landungsbrücke entstand ein großes Gedränge. In buntem Wechsel kamen sie alle, die an's Land wollten, sich stoßend, schiebend – die Passagiere der ersten und zweiten Klasse, die des Zwischendecks zuletzt mit ihrem Gepäck beladen.

Als Lorenz und Maryscha die Landungsbrücke eben betreten wollten, stand an der Bordöffnung ihr kassubischer Freund. Er streckte ihnen beide Hände entgegen, schüttelte die ihrigen kräftig und verabschiedete sich von ihnen mit den Worten:

»Bruder, ich wünsche Euch Glück und auch Dir, Mädel! Gott helfe Euch!«

»Gott lohne Dir Deinen Wunsch«, antworteten beide gleichzeitig. Dann wurden sie durch die Nachdrängenden von ihm getrennt. Sie befanden sich bald darauf in dem geräumigen Zollhause.

Der Zollbeamte in grauem Rock mit silbernem Stern betastete ihr Gepäck, darnach rief er: »*All right*« und wies sie nach dem Ausgange! Nun standen sie auf der Straße.

»Was werden wir jetzt anfangen, Väterchen?« frug Maryscha.

»Wir müssen warten«, antwortete Lorenz. »Der Agent hat mir gesagt, daß der Kommissar von der Regierung bald nach Ankunft des Schiffes kommen und nach uns fragen werde.«

Sie suchten sich eine geschützte Stelle dicht an der Mauer des Zollhauses und warteten. Der Lärm der Großstadt umtoste sie. So etwas hatten sie noch nicht gesehen. Die langen geraden Straßen, Wagen, Menschen, Omnibusse, Lastwagen, alles, als ob Jahrmarkt hier wäre, dazu die fremden Leute ringsum, die Sprache, in welcher gesprochen, gerufen, geschrien wurde und von der sie nichts verstanden. Beim Anblick einiger Schwarzer bekreuzten sie sich, im Glauben, es seien böse Geister.

So verstrich Stunde um Stunde. Sie standen noch immer an derselben Stelle, aber der Kommissar kam nicht. Wo anders wäre das seltsame Paar, dieser polnische Bauer mit dem langen, graumelierten Haar und der viereckigen Pelzmütze und das blonde Mädchen im roten Mieder und den vielen Glasperlenschnüren um den Hals wohl jedermann aufgefallen, in New-York fällt nichts auf, dort hastet ein jeder nach Erwerb und hat nicht Zeit, sich um andere zu kümmern.

Wieder hatte die Turmuhr in der Nähe eine volle Stunde geschlagen; der Himmel hatte sich mit Wolken bezogen, Regen mit Schneeflocken vermischt träufelte leise hernieder, ein feuchter kalter Wind stellte sich gegen Abend ein.

Der polnische Bauer hat viel Ausdauer und Geduld, er versteht zu warten. Doch als der Kommissar noch immer nicht erschien, wurde ihnen beiden sehr wehe zu Mute.

Wenn sie sich auf dem Schiffe vereinsamt gefühlt hatten, so war das jetzt hier noch mehr der Fall. Sie hatten sich sicher und geborgen geglaubt, sobald sie festes Land unter sich hatten, nun merkten sie erst, daß der Einzelne in dem Getriebe der Großstadt vollkommen verschwindet.

Maryscha bebte vor Angst und Kälte. Wind und Regen hatten ihre und des Vaters Kleider durchnäßt, wo sollten sie hin, wo ein Obdach finden.

Allmählich stockte das Leben und Treiben im Hafen, abendliche Ruhe trat ein. Die Arbeiter von den Werften zogen singend heimwärts, die Stadt erglänzte nach und nach in einem unendlich scheinenden Lichtmeer. Das Zollhaus wurde geschlossen, dann wurde es ganz still um sie und zuletzt brach die Nacht herein. Wenn sie auch längst gerne das Warten aufgegeben hätten, so wußten sie doch nicht, wohin sie sich hätten wenden können. So verharrten sie also auf ihrem Platze, von dem sie auch niemand vertrieb. Der Agent hatte sie sicher betrogen; er bekam seine Prozente für die Stückzahl der Auswanderer, was kümmerte ihn schließlich ihr Fortkommen und ihr Verbleib.

Lorenz fühlte, wie die Füße unter ihm schwach wurden; aber er fühlte nicht nur seine Schwäche, viel mehr als diese drückte ihn die Verantwortung seiner Tochter gegenüber. Hatte nicht sein Wille das Mädchen in die trostlose Lage gebracht, in der sie sich befanden?

Er stand und wartete und litt mit der Ausdauer des polnischen Bauern ...

»Väterchen!« tönte es leise neben ihm.

»Sei stille! Es gibt keine Barmherzigkeit«, sagte er barsch.

»Gehen wir zurück nach Lipiniez«, flehte das Mädchen.

»Eher ertränke ich mich!«

»O Gott, o Gott!« flüsterte Maryscha.

Eine große Seelenpein bemächtigte sich Toporeks.

»O Du arme Waise ...« rief er verzweifelt. »Gott erbarme sich Deiner.«

Sie hörte ihn nicht mehr. Ihr Kopf war an die Wand gesunken, sie war vor Müdigkeit eingeschlafen.

Die Morgendämmerung beleuchtete mit fahlem Schein zwei schlafende Menschen mit blassen, von der Kälte bläulich angehauchten Gesichtern. Eine leichte Schneedecke lag auf ihren Kleidern, wie ein Bahrtuch über Gestorbenen.

2. In New-York

Wenn man die breiten Straßen New-Yorks verläßt und vom Broadway nach der Richtung von *Chattam-square* einige Nebenstraßen nach dem Hafen zu durchschreitet, gelangt man in eine Gegend, welche von Schritt zu Schritt ärmlicher, verlassener und düsterer wird. Die Häuser sind noch von holländischen Ansiedlern erbaut; sie haben breite Risse, die Dächer sind stellenweise eingesunken, der Putz von den Wänden losgebröckelt, die Gassen eng und ganz im Gegensatz zu den gradlinigen Straßen der Stadt krumm. Die Fenster der Souterrains blicken kaum noch halb über den Erdboden hinweg, so tief sind die Fundamente eingesunken, was den Häusern eben jenes rissige, schiefe Aussehen gibt.

In Folge der Nähe des Meeresufers stehen überall Pfützen und die wenigen kleinen freien Plätze gleichen kleinen Teichen mit trübem, schlammigen Wasser angefüllt. Abgerissene Papierfetzen, Lumpen und Unrat schwimmen darauf herum, überall sieht man Schmutz, Elend und Unordnung.

In diesem Stadtteil befinden sich Wirtshäuser, in denen man für zwei Dollar wöchentlich Nachtquartier und Essen bekommt; hier sind auch die Spelunken, welche den Wallfischfängern und allerhand Gesindel als Schlupfwinkel dienen, Geheimschreiber treiben zusammen mit Agenten aller Zungen ihr Unwesen darin.

Trotz des Elends, welches herrscht, findet man hier dennoch ein reges Leben. Alle diejenigen Auswanderer, die nicht mehr ein zeitweiliges Unterkommen in der Kaserne von Castle-Garden erhalten können, oder nicht in die sogenannten »Arbeiterhäuser« gehen wollen oder dürfen, sammeln sich und verhungern oft hier. Wenn man die Auswanderer im allgemeinen schon als den Auswurf der Menschheit bezeichnet, so kann man die Bewohner dieser Spelunken mit gutem Recht als den Abschaum der Auswanderer betrachten. Schlägereien, Messeraffairen und Spitzbübereien sind an der Tagesordnung, selbst die kleinen Negerjungen balgen sich mit den Kindern der Ausgewanderten um jeden abgenagten Knochen und beide, Weiße und Farbige, lassen keinen Erwachsenen vorüber, ohne ihn anzubetteln.

In diesem Gehenna finden wir unsere Bekannten vom »Blücher« wieder. Die Herrschaft, welche sie in Amerika zu erhalten gehofft, war ein Traum gewesen, der in Nichts zerronnen. Die reale Wirklichkeit präsentiert sich ihnen in Gestalt einer engen, im Erdgeschoß liegenden Stube mit einem Fenster, dessen Scheiben zerschlagen sind. Die Wände der Stube triefen von Nässe, der Schimmel liegt auf ihnen. An der einen Wand steht ein eiserner Ofen mit durchgebrannten Löchern und ein schlotteriger, dreibeiniger Tisch, während ein Häuflein Gerstenstroh im Winkel die Bettstatt vertritt.

Das ist alles! Der alte Lorenz kniet vor dem Ofen und sucht in der verkohlten Asche, ob nicht irgendwo darin eine Kartoffel zu finden sei. Er sucht seit zwei Tagen schon wiederholt vergebens danach. Maryscha sitzt auf dem Strohhäuflein. Sie hat ihre Hände um die Kniee geschlungen und starrt unbeweglich zu Boden. Das Mädchen ist krank und elend. Wohl scheint es dieselbe Maryscha von früher, aber die ehemals roten Wangen sind hohl und bleich, die Gesichtsfarbe ist krankhaft, das ganze Gesicht scheint kleiner, die Augen größer, der Blick starr. Die Spuren von Gram, Kummer, mangelhafter Nahrung und vor allem die Einwirkungen der schlechten Luft sind deutlich darin sichtbar.

Ihr Vater und sie haben sich bisher nur mit Kartoffeln genährt, seit zwei Tagen aber sind auch diese nicht mehr vorhanden. Sie wissen beide nicht mehr, was sie tun, womit sie sich nähren werden. Drei Monate sind seit ihrer Ankunft in New-York verflossen: sie haben nicht einen Pfennig Geld mehr. Lorenz hatte wiederholt nach Arbeit gefragt, man hatte aber nicht verstanden, was er wollte. Er war in den Hafen gegangen, um sich als Gepäck- und Kohlenverlader anwerben zu lassen, aber er brauchte dazu eine Karre und wußte nicht, konnte, da man ihn nicht verstand, auch nicht erfahren, wo er eine solche kaufen könnte und war deswegen von anderen verdrängt worden. Die Irländer, ohnehin neidisch auf jeden Fremden, drohten, ihn mit ihren Fäusten zu bearbeiten. Dann versuchte er es bei den Docks Arbeit zu bekommen, eine Axt hatte er mit herüber gebracht, doch wie sollte er arbeiten, wenn er sich mit niemandem über die Arbeit verständigen konnte. Er konnte anfangen was er wollte, überall wies man ihn aus demselben Grunde zurück; nirgends gelang es ihm, einen Groschen zu verdienen oder irgend etwas zu erbitten. Das Haar war ihm vollständig gebleicht in dieser Zeit der Sorge, die Hoffnung geschwunden, das Geld alle geworden, jetzt begann der Hunger an ihm zu nagen.

Ja, wäre er jetzt in der Heimat, da hätte er schlimmsten Falles mit dem Bettelsack auf dem Rücken und dem Stab in der Hand, sich nur an den ersten besten Kreuzweg zu stellen brauchen, oder an die Kirchtüre und zu singen. Jeder Vorübergehende würde ihn beachtet, ihm etwas geschenkt haben. Der Edelmann vom Pferde herab, die Edelfrau im Kutschwagen durch die Vermittelung ihres rosigen Töchterchens, jeder Bauer im Dorfe, nein, keiner würde ihm ein Almosen versagen, sondern ihm etwas geschenkt haben; er hätte dort nicht Hunger leiden dürfen. Dazu hätte er über sich den Gekreuzigten mit den ausgebreiteten Armen, die nach dem Himmel langten, zu dem konnte er beten. Rings um ihn die grünen, nach frischem Getreide duftenden Felder und die tiefe feierliche Dorfstille.

Hier, im Geräusch der Stadt, wo es sauste und brauste wie in einem Dampfkessel, mußte sein Bitten ungehört verhallen. Einer konnte sich um den anderen nicht kümmern, denn jeder hatte vollauf mit sich zu tun. Ach, dieser Unterschied zwischen hier und dem stillen Lipiniez! Dort hatte er seine Wirtschaft, sein Land gehabt, sein sicheres Brot; dort war er Beisitzer im Gemeinderat gewesen, dort war er Sonntags mit der Kerze vor den Altar gegangen – hier war er ein Fremder, ein verirrtes Schaf, und wie ein zugelaufener Hund wurde er überall fortgejagt. In den ersten Tagen der beginnenden Not hatte er sich oft gesagt: »es war besser in Lipiniez!« Das Gewissen schrie ihm zu: »Lorenz, dich hat Gott verlassen, weil du deine Heimat verließest.« Er hätte ja gern sein Kreuz aus sich genommen, wenn nur Aussicht auf Besserung seines Loses gewesen wäre; aber jeder Tag überzeugte ihn von neuem, daß er nicht im stande sein werde, sich aus dem Elend herauszuarbeiten, sich und seine Tochter. Was blieb ihm zuletzt zu tun übrig? Sollte er sich einen Strick zurechtdrehen, ein Vaterunser sprechen und dann am nächsten Baume aufhängen? Er würde es tun, ihn konnte der Tod nicht schrecken, was aber sollte aus dem Mädchen werden? Wenn er an sie dachte, dann fühlte er sich nicht nur von Gott verlassen, sondern auch dem Wahnsinn nahe.

Das Heimweh wurde übermächtig in ihm. Vergebens kämpfte er Tag und Nacht dagegen an. Er hätte sich die Haare ausraufen mögen, schreien vor Verzweiflung, doch wer hätte ihn hier hören oder verstehen sollen?

Ihnen half niemand, denn obgleich eine ganze Menge Polen in New-York wohnten, so doch niemand von ihnen, dem es gut ging in diesem Viertel. Sie hatten in der zweiten Woche ihres Hierseins zwar zwei polnische Familien kennen gelernt; die eine war aus Schlesien, die andere aus Posen selbst eingewandert, aber auch sie hatte das Elend bereits umgebracht. Der schlesischen Familie waren schon zwei Kinder gestorben, das dritte war krank und mußte dennoch mit seinen Eltern seit vierzehn Tagen jede Nacht unter den Bogenpfeilern der Brücke zubringen. Sie ernährten sich nur von dem, was sie auf der Straße fanden. Seit gestern waren sie ganz verschwunden. Der zweiten Familie ging es noch schlechter, denn der Vater hatte sich dem Trunke ergeben. Maryscha hatte die Frau unterstützt, solange sie selbst etwas hatte, jetzt bedurfte sie selbst der Unterstützung.

Es hätte wohl eine Rettung für sie gegeben, durch den Pfarrer der polnischen katholischen Kirche in Hoboken. Der Pfarrer hätte sie an andere ihrer Landsleute weisen, ihnen Ratschläge erteilen können. Toporek und Maryscha wußten ja doch aber nichts von der Existenz einer polnischen Kirche, eines Pfarrers, in der großen Stadt. Jeder ausgegebene Cent führte sie eine Stufe abwärts, dem Abgrunde zu.

In diesem Augenblicke also saß Lorenz am Ofen, Maryscha auf dem Strohlager. Eine Stunde um die andere verrann langsam. Es wurde dunkel in der Kammer; denn, obgleich es zwar Mittagszeit war, so verdunkelte der vom Wasser aufsteigende Nebel die Luft, besonders da die Frühjahrsnebel in New-York immer sehr stark auftreten. Trotz der im Freien warmen Luft fröstelten die beiden in dem feuchten Raum. Lorenz hatte die Hoffnung aufgegeben, noch eine Kartoffel in der Asche zu finden.

Während er sich erhob und nach seinem Rucksack langte, sagte er zu Maryscha:

»Ich halte es vor Hunger nicht mehr aus und Du sicherlich auch nicht: ich werde an den Hafen gehen und versuchen etwas Holz zum Einheizen aufzufischen, – vielleicht finde ich auch etwas Eßbares.«

Sie antwortete nicht und er ging.

Er war schon öfter hinaus zum Hafen gewandert, hatte dort angeschwemmte Bretter und Holzstücke von Kisten und Kästen aus der See gefischt, wie alle diejenigen es machten, die kein Geld hatten, um Kohlen zu kaufen. Oft hatte er bei dieser Arbeit Rippenstöße und blaue Augen, von Faustschlägen roher Patrone herrührend, davongetragen. Heute war ihm das Glück hold. Es war um die Zeit des »Lunch«, am Ufer befanden sich nur einige Knaben, die zwar nicht unterließen ihn anzuschreien und mit Schlamm und Kot zu bewerfen, doch aber sich nicht stark genug fühlten, eine Schlägerei mit ihm anzufangen. In kurzer Zeit hatte er ein ganzes Häufchen Holz zusammengehäuft. Die Wellen spülten auch noch anderes heran, Abfälle aus den Schiffsküchen, in denen sich zuweilen noch etwas Eßbares fand. Auch diese durchsuchte er und aß, was irgend genießbar war sofort auf; daran, daß seine Tochter auch Hunger haben mußte, dachte er in seiner Gier gar nicht.

Das Glück schien ihm heute besonders günstig, denn während er nach Hause zurückging begegnete er einem großen, mit Kartoffeln beladenen Wagen, welcher auf dem Wege nach dem Hafen zu im Straßenschmutz in einem tiefen Geleise stecken geblieben war und nicht weiter konnte. Lorenz griff sogleich in die Speichen und half dem Kutscher das Gefährte wieder flott zu machen. Es war ein schweres Stück Arbeit, der Rücken tat ihm wehe davon, aber als die Pferde endlich scharf anzogen und der Wagen aus dem Loche heraussprang, da fiel auch eine ganze Menge Kartoffeln von dem hochgeladenen herab. Der Kutscher dachte gar nicht daran, sie aufzulesen, dankte ihm für die Hilfe, während die Pferde von ihm angetrieben schon weitertrabten.

Lorenz las mit gieriger Hast die Kartoffeln sorgsam auf und barg sie in seinem Rucksack. Unglückliche Menschen läßt der geringste Glücksfall hoffnungsvoll in die Zukunft blicken. So auch Lorenz! Dem halb Verhungerten schienen die gefundenen Kartoffeln ein unschätzbares Gut; er murmelte auf dem Nachhausewege nun unaufhörlich vor sich hin:

»Gott sei's gedankt, daß er unser Elend geschaut hat. Wir haben Holz, das Mädel kann ein Feuer anzünden und Kartoffeln haben wir auch, die langen wenigstens auf zwei Tage. Der liebe Gott ist doch barmherzig – das arme Mädel hat anderthalb Tage nichts genossen – ja Gott ist barmherzig!«

Während er so mit sich selbst sprach, schleppte er unter dem einen Arm das Holz, und betastete mit der anderen Hand von Zeit zu Zeit den Rucksack, ob auch die Kartoffeln noch darin seien. Er trug ja einen großen Schatz und er richtete oft den Blick dankbar nach Oben.

»Ich dachte schon, ich würde zum Stehlen greifen müssen«, – murmelte er weiter – »da fielen sie mir vom Wagen ganz von selbst zu, ich brauchte nicht zu stehlen! Gott ist barmherzig! Maryscha wird gleich vom Lager aufstehen, wenn sie hört, daß ich Holz und Kartoffeln bringe.«

Unterdessen hatte Maryscha nach seinem Fortgange regungslos in der Stellung verharrt, in welcher Lorenz sie verlassen hatte. Früher, wenn Lorenz Holz gebracht hatte, heizte sie morgens den Ofen, holte Wasser, aß was zu haben war, dann starrte sie stundenlang in's Feuer. Auch sie hatte eifrig nach Arbeit und Verdienst gesucht. Unter anderem war sie sogar zu einer Anstellung als Geschirraufwäscherin in einer Gastwirtschaft gelangt, aber da man sich nicht mit ihr verständigen konnte und infolgedessen fortwährende Mißverständnisse vorkamen, so hatte man sie nach zwei Tagen wieder entlassen. Ganze Tage war sie auf der Suche nach Arbeit, leider ohne Erfolg, nun fürchtete und scheute sie sich bis vor die Türe zu gehen, um nicht neue Enttäuschungen zu erleben. Auf der Straße war sie wiederholt von Irländern und betrunkenen Matrosen insultiert worden. Aber der Müßiggang machte sie sehr unglücklich, die Sehnsucht nach der Heimat fraß an ihr, wie der Rost am Eisen. War sie doch noch viel unglücklicher als ihr Vater, denn dem Hunger, den Nahrungssorgen und der gänzlichen Hoffnungslosigkeit ihrer Lage gesellte sich noch der Gedanke an Jaschu. Er hatte ihr ja Treue geschworen, das war wirklich beruhigend für sie, aber wo war er jetzt? War er noch in der Heimat, oder schon unterwegs zu ihr? Würde er sie finden? Und wenn? – Wie anders lagen jetzt die Verhältnisse.

Früher war sie eine Wirtstochter; sie war nach Amerika gegangen, um eine Dame zu werden. Er war ein Hofknecht, hatte nur ein kleines, vom

Vater ererbtes Anwesen – sie war damals diejenige, die zu ihm herabsteigen wollte.

Jetzt war er derselbe geblieben, der er war, – sie war verarmt, hungerig, wie eine Kirchenmaus. Würde er sie noch wollen, würde er sie an sein Herz nehmen und mitleidsvoll zu ihr sagen: »Du mein armes, liebes Mädchen?« War ihre Kleidung doch fast zerrissen wie die einer Bettlerin, die Hunde in Lipiniez würden sie anbellen, wenn sie dort so erschiene, wie sie jetzt war und dennoch – sie hätte hinfliegen mögen mit den Möven, den Schwalben, sei es auch nur, um in der Heimat zu sterben. Dort, dort, lebte Jaschu, ob treu oder untreu, ihr Einziger, Lieber, dort war Friede und Glück für sie, sonst nirgends.

Das waren ihre Gedanken, wenn sie den Blick auf das Feuer gerichtet hielt, sie hatten trotz aller Sehnsucht noch immer etwas Tröstliches für sie gehabt. Seit gestern Morgen, wo weder Feuer noch Nahrungsmittel im Hause mehr waren, starrte sie in's Leere vor sich hin und von Stunde zu Stunde wurden ihre Gedanken trauriger, verzweifelter. Ihre Tränen, die vorher so reichlich geflossen, waren versiegt. Zuletzt fing die Schwäche an sie zu befallen, sie fühlte sich sogar zu schwach zum Denken. So litt sie unsäglich, während sie resigniert mit weitgeöffneten Augen vor sich hin sah.

Da öffnete jemand die Türe der Kammer. In der Meinung, der Vater kehre zurück, blickte Maryscha erst gar nicht auf, bis eine fremde Stimme an ihr Ohr schlug.

»*Look here*!« rief dieselbe.

Sie gehörte dem Besitzer der Budicke, in welcher sie wohnten. Er war ein alter Mulatte mit finsterem Gesicht, schmutzig, zerlumpt, und hatte beide Backen mit Kautabak vollgepfropft.

Als das Mädchen ihn erblickte, erschrak sie heftig. Sie wußte, er kam, den für die nächste Woche fälligen Dollar einzufordern und sie hatten nicht einen Cent mehr in der Tasche. Sie konnte aber vielleicht durch demütiges Bitten ihn bewegen, Frist zu geben; deshalb näherte sie sich ihm, umfaßte seine Knie und küßte seine Hände.

»Ich komme nach dem Dollar!« sagte er.

Sie verstand nur den Ausdruck »Dollar«. Kopfschüttelnd und die Ausdrücke verwechselnd, den flehenden Blick auf ihn gerichtet, die gefalteten Hände emporgehoben, suchte sie ihm ihre Lage klar zu machen; sie sagte, daß sie nichts mehr hätten, daß sie schon seit zwei Tage hungerten, daß er sich ihrer erbarmen möge. Sie schloß mit den Worten:

»Gott wird es Ihnen lohnen, gnädiger Herr, erbarmen Sie sich unser«.

Der gnädige Herr verstand zwar nicht, daß er gnädig sei, aber so viel begriff er doch, daß der Dollar nicht zu haben war. Dies letztere hatte er sogar so gut verstanden, daß er sofort mit einer Hand das Bündel Sachen ergriff, welches seinen Mietern gehörte, der anderen Hand das Mädchen leicht vorwärts schob, der Treppe zu. So brachte er sie bis auf die Straße, wo er ihr das Bündel vor die Füße warf und sie stehen ließ. Phlegmatisch öffnete er dann die Türe der nebenanliegenden Gastwirtschaft zur Hälfte und rief hinein:

»Hej Paddy, die Stube für Dich ist frei.«

»*All right*«, antwortete eine Stimme von Innen, »ich komme zur Nacht.«

Darauf verschwand der Mulatte im Flur seines Hauses und das Mädchen blieb allein auf der Straße zurück.

Sie nahm das Bündel, legte es in eine Mauernische, damit es nicht im Straßenkot bliebe, dann stellte sie sich daneben, stumm und apathisch die Rückkehr des Vaters erwartend.

Diesmal ließen die vorübergehenden betrunkenen Iren und Matrosen sie in Ruhe. In der Kammer hatte Dämmerlicht geherrscht, hier außen war es licht und hell, und in dieser hellen Beleuchtung konnte man erst sehen, daß das Gesicht Maryschas bleich und abgezehrt aussah, wie das einer schwer Kranken. Die Lippen waren blau, die Augen lagen tief in ihren Höhlen, die Backenknochen standen vor und nur die flachsblonden Zöpfe hatten ihre Farbe behalten. Sie sah aus wie eine Blume, die langsam hinwelkt. Die Vorübergehenden sahen sie mitleidig an. Eine alte Mohrenfrau frug sie etwas, doch da sie keine Antwort erhielt, zog sie sich verletzt zurück.

Das alles war geschehen, während Lorenz dem Hause zustrebte mit dem beruhigenden Gefühl, welches ein offenbarer Beweis der Barmherzigkeit Gottes in sehr unglücklichen Menschen wachruft. Er malte sich aus, wie gut ihnen die Kartoffeln schmecken würden, dachte, daß er morgen wieder versuchen wolle, welche zu erlangen, weiter, an das Übermorgen dachte er nicht mehr, dazu war er augenblicklich zu hungerig. Als er schon von Ferne Maryscha vor dem Hause stehen sah, wunderte er sich darüber und beeilte seine Schritte.

»Was ist das? Warum stehst Du hier?« frug er, noch ehe er sie erreicht hatte.

»Der Hauswirt hat uns hinausgeworfen, Vater«, sagte sie leise.

»Er hat uns vor die Tür gesetzt?«

Wie ein Verzweiflungsschrei klang die Frage. Er ließ das Holz fallen. Das war zu viel. Jetzt, wo Holz und Kartoffeln mühsam beigebracht waren, obdachlos. Was sollten sie nun beginnen, wo die Kartoffeln kochen, wohin gehen, womit sich sättigen? Lorenz riß die Mütze vom Kopfe und warf sie zu dem Holz am Boden. Verzweifelt rang er die Hände. »Jesus, Jesus!« rang es sich von seinen Lippen und während er wie irrsinnig seine Tochter anstarrte, frug er noch einmal:

»Er hat uns hinausgeworfen?«

»Dann wandte er sich, als wolle er wohin gehen, aber er kehrte gleich wieder um, und fragte mit dumpfer drohender Stimme:

»Warum hast Du ihn nicht gebeten, Dummkopf?«

Sie seufzte.

»Ich habe ihn ja gebeten.«

»Bist Du ihm zu Füßen gefallen?«

»Ja!«

Wieder drehte er sich um. Es wurde ihm schwarz vor den Augen.

»Daß Dich die Erde verschlinge«, schrie er die Tochter an.

Das Mädchen sah ihn schmerzlich an.

»Vater, bin ich denn schuld?«

»Bleibe hier stehen, rühre Dich nicht vom Fleck«, rief der Alte wieder. »Ich werde ihn bitten, daß er uns wenigstens die Kartoffeln braten läßt.«

Er ging. Einen Augenblick daraus erscholl Lärm im Flur, zankende Stimmen wurden hörbar, Getrampel mit den Füßen und gleich darauf flog Lorenz von starker Hand gestoßen aus der Türe auf die Straße.

Er brauchte eine Weile, um zu sich zu kommen, dann sagte er barsch: »Komm!«

Sie nahm die Sachen auf. Für ihre geschwächten Kräfte war das keine leichte Arbeit, aber er half ihr nicht. Es war, als sähe er nicht, als höre er nicht, er schien nicht zu bemerken, daß die Last viel zu schwer für sie war.

Sie gingen. – Wenn die Menschen hier nicht gefühllos geworden wären durch den fortwährenden Anblick gräßlichen Elendes, so hätten die beiden Jammergestalten das Mitleid der Vorübergehenden gewiß erregt. Sie waren schrecklich anzusehen, der verzweifelte Greis und das apathische Mädchen. Wohin sollten sie sich wenden, wer zeigte ihnen einen Ausweg?

Das Mädchen atmete von Schritt zu Schritt schwerer, sie schwankte ein paar mal hin und her, dann wandte sie sich bittend an den Vater:

»Nehmt die Sachen, Vater, ich kann nicht mehr«.

Er fuhr empor wie aus einem Traume.

»Dann wirf sie hin!« rief er.

»Aber wir brauchen Sie doch«, wandte sie schüchtern ein.

»Nein, wir brauchen sie nicht mehr!«

Und da er sah, daß Maryscha noch zauderte, schrie er wütend auf sie ein:

»Wirf die Sachen hin, oder ich erschlage Dich!«

Nun gehorchte sie. Sie gingen weiter. Im Gehen wiederholte Lorenz noch einige Male die Worte:

»Wenn alles verloren ist, dann mag auch das verloren sein!«

Dann verstummte er, aber in seinen Augen blitzte es wild auf, als ob er etwas Böses im Sinne hätte.

Immer enger und schmutziger wurden die Gäßchen, durch welche sie auf weiten Umwegen dem Außenrande des Hafens zuschritten. Endlich gelangten sie an das Pfahlwerk, welches denselben umgab: sie kamen am letzten Hause vorüber, welches die Aufschrift trägt: »*Sailors asilum*« und standen bald darauf dicht am Wasser. Es wurden an dieser Stelle neue Docks gebaut. Hohe Gerüste zum Einrammen der Pfähle zogen sich weit hinein in das Wasser. Auf den Brettern und Balken derselben bewegten sich Arbeiter hin und her, die an den Dockbauten Beschäftigung gefunden hatten.

Maryscha setzte sich auf ein paar übereinander gestoßte Balken; ihre Füße versagten ihr den Dienst, sie konnte nicht weiter. Lorenz setzte sich stillschweigend neben sie.

Es mochte ungefähr die vierte Nachmittagsstunde sein. Im Hafen herrschte lautes Leben und Treiben. Die Luft war klar und die warmen Strahlen der Sonne legten sich schmeichelnd um die Gestalten der beiden Verlassenen. Vom Wasser her zog ein lauer wonniger Frühlingshauch, ringsum lag über allem so viel Glanz und Schimmer, daß die Augen davon geblendet wurden, das Azurblau des Himmels floß mit dem des Meeres zusammen. Inmitten des Hafens ragten ruhig die Schornsteine und Masten der Schiffe, an denen bunte Wimpeln hin- und herflatterten. Von Ferne sah man noch andere Schiffe dem Hafen zuschwimmen, deren straff ausgespannte Segel wie glänzende, weiße Wolken aussahen und sich scharf von dem Lazur des Wassers abhoben. Andere Schiffe fuhren aus dem Hafen auf hohe See, nach jener Richtung, wo Lipiniez lag, das für die beiden verlorene Glück.

Maryscha grübelte darüber nach, womit sie sich wohl so versündigt haben könnten, daß der barmherzige Gott, der alle Menschen beschützte, von ihnen allein sein Antlitz abwandte. In seiner Hand allein lag es doch, ihnen wieder zum früheren Wohlstande zu verhelfen. So viele Schiffe schwammen der Heimat zu, konnte nicht eines davon sie mit zurücknehmen? Noch einmal umfaßten ihre Gedanken das geliebte Heimatdorf mit allem, was es enthielt und Jaschu, dann übermannte sie die Schwäche.

Der Hunger quälte sie nicht sehr, da sie krank war, aber die Lider sanken ihr über die Augen, der Kopf fiel auf die Brust, ein unruhiger Schlummer entrückte sie der Wirklichkeit. Bald träumte ihr, sie falle in einen Fluß und Jaschu sah es von einem Berge aus; er warf ihr eine seidene Schnur zu, aber diese war zu kurz und Maryscha stückelte sie mit ihrem Zopf an. Sie hörte Gesang und erschrak heftig, denn sie hatte das deutliche Gefühl, ihre Zöpfe seien abgefallen und sie sei in einen Abgrund gestürzt. Nachdem sie sich von ihrem Schrecken erholt, bemerkte sie. daß der Gesang von einem Schiffe herübertönte, welches soeben die Anker zur Ausfahrt lichtete. Der Abend war herangekommen, die Arbeiter schickten sich an heimzukehren. Ach, sie hatten alle einen Platz zum Schlafen, ein Dach über dem Haupte, nur ihr Vater und sie waren obdachlos.

Inzwischen empfand der alte Toporek immer mehr die Qualen des Hungers. Ein tierischer Ausdruck lag in seinem Gesicht; der Alte sah aus, als ob ein unheilvoller Entschluß in ihm zur Reife gekommen sei. Er wechselte während der ganzen Stunden kein Wort mit seiner Tochter und erst als der Abend hereinzubrechen begann, als der Hafen öde und verlassen dalag, alles Geräusch verstummt war, sagte er mit seltsam klingender Stimme:

»Komm Marysch!«

»Wohin werden wir gehen?« frug sie schlaftrunken

»Wir werden auf die Gerüste über dem Wasser steigen und uns auf die Bretter schlafen legen.«

Sie gingen. – In der Dunkelheit mußten sie sehr vorsichtig vorwärts schreiten, um nicht in das Wasser zu fallen.

Die amerikanischen Gerüste aus Brettern und Balken zogen sich in zahlreichen Windungen, gleichsam einen Korridor bildend, weit über das Wasser hinaus, bis zu einer Plattform, inmitten welcher sich die

Maschine zum Einrammen der Pfähle befand. Auf der Plattform, geschützt vor Regen und Schnee durch ein leichtes Dach, standen sonst die Arbeiter, welche die Stricke der Rammen anzuziehen und in gleichmäßigen Abständen locker zu lassen hatten. Jetzt war dieselbe leer.

Lorenz führte seine Tochter bis an den äußersten Rand der Plattform und sagte kurz:

»Hier wollen wir schlafen!«

Maryscha fiel mehr auf den Bretterboden, als daß sie sich hinlegte und trotz der Mosquitos, welche gleich über sie herfielen, versank sie sofort in tiefen Schlaf.

Plötzlich, mitten in der Nacht, erweckte sie die Stimme ihres Vaters:

»Maryscha steh' auf!«

Es lag etwas so Schreckliches in dem Tone seiner Stimme, was sie sogleich völlig ermunterte.

»Was gibt es, Vater?« frug sie erschreckt.

Dumpf und fürchterlich drangen nun durch die Finsternis die Worte an ihr Ohr:

»Mädel, Du sollst nicht langsam Hungers sterben! Du sollst auch nicht an fremde Türen betteln gehen und nicht mehr im Freien schlafen. Die Menschen haben Dich verlassen, Gott hat Dich verlassen, das Elend hat Dich krank gemacht, so möge der Tod Dich in seine Arme nehmen.«

Maryscha hörte nur die Stimme des Vaters; sie konnte in der Dunkelheit seine Gestalt nicht erkennen, so sehr sie auch ihre Sehkraft anstrengen mochte.

Die Stimme fuhr zu sprechen fort:

»Ich werde zuerst Dich ertränken, dann mich. Es gibt keine Rettung für uns, keine Barmherzigkeit über uns. Morgen wirst Du keinen Hunger, keinen Durst mehr haben, nicht mehr frieren, morgen wird Dir wohl sein – besser als heute.«

Sie sprang auf. Nein! Sie wollte nicht sterben. Sie war erst achtzehn Jahre alt, sie liebte das Leben und fürchtete den Tod, wie die Jugend ihn nur fürchten kann. Ihre Seele schreckte vor dem Gedanken zurück, daß ihr Leib, derjenige einer Ertrunkenen, morgen da unten in der Finsternis der See liegen sollte, zwischen Fischen und Seetieren auf schlammigem Grunde. Um alles in der Welt nicht! Eine fürchterliche Angst befiel sie; der Vater, welcher in der finsteren Nacht zu ihr sprach, mußte vom bösen Geiste besessen sein.

Da fühlte sie plötzlich ihre beiden Arme von seinen Händen festgehalten; die Stimme des Alten tönte dicht an ihrem Ohre, als er mit grausenerregender Ruhe sprach

»Schreie nicht! Es hört Dich doch niemand! Ein Stoß nur und in der Zeit, wo man zwei Vaterunser spricht, ist alles zu Ende!«

»Ich will nicht, Vater, ich will nicht!« schrie das Mädchen aus. »Fürchtet Ihr denn nicht den Zorn Gottes? Vater! lieber, einziger Vater, habt Erbarmen mit mir! Was habe ich Euch denn getan? Ich habe ja nicht über meine Not geklagt, habe ich nicht mit Euch alles geduldig ertragen, Hunger und Kälte? … Vater!«

Sein Atem ging hastig, seine Hände hielten ihre Arme wie mit eisernen Klammern umfaßt. Sie bat immer flehentlicher um ihr Leben.

»Habt Mitleid! Erbarmen! Erbarmen! Ich bin ja Euer Kind, ich fürchte das Wasser, ich will nicht sterben!«

Es begann nun ein Ringen aus Leben und Sterben. Maryscha klammerte sich an den Kleidern des Vaters fest; sie küßte die Hände, welche sich bemühten, sie in den Abgrund zu stoßen. Das alles aber schien seinen Vorsatz noch zu stärken. Seine Ruhe war die eines Irrsinnigen, Minuten lang war nichts zu hören, als die schweren Atemzüge der Kämpfenden, ein Hinundhertreten und das Knarren der Bretter. Hilfe konnte nirgends her kommen, denn sie befanden sich an der äußersten Spitze des Hafens, es konnte sie niemand hören, da außer den Arbeitern kein anderer Mensch die Gerüste betrat.

»Erbarmen! Erbarmen!« schrie Maryscha noch einmal.

Der Alte hatte sie jetzt mit dem einen Arme bis dicht an den Rand des Gerüstes gezogen, während er mit der anderen Hand auf ihren Kopf einhieb, um sie zu betäuben. Man hörte nichts sonst ringsum, als das Heulen eines Hundes.

Das Mädchen fühlte ihre Kräfte schwinden. Zuletzt wich der Boden unter ihren Füßen, die Hände klammerten sich noch an den Kleidern des Vaters, aber auch sie wurden schlaff. Ihre Hilferufe wurden immer schwächer, endlich riß ein Fetzen unter ihren Fingern, sie verlor allen Halt und fiel über die Brüstung.

In der furchtbaren Todesangst hatte sie in der Luft nach einer Stütze gehascht und ein Brett gefunden, an das sie sich festhielt. Nun hing sie zwischen Himmel und Meer und – schrecklich ist es zu sagen – der Alte bog sich hernieder und bemühte sich, ihr auch diesen letzten Halt zu nehmen.

Die Todesangst führte ihr Visionen vor die Augen. Die Erlebnisse der letzten Monate ziehen an ihr vorüber. Lipiniez, der Schwengelbrunnen, die Abreise, das Schiff, der Sturm und das ganze Elend in New-York. Aber was ist das? – Sie sieht ein Schiff vor sich, eine Menge Menschen darauf und ganz vorn auf demselben steht Jaschu und streckt die Arme nach ihr aus, über ihm aber schwebt, umgeben von der Strahlenkrone, mit lächelndem Munde die Mutter Gottes! Sie schreit dem Schiffe, welches davonfahren will nach: »Heilige Jungfrau! Jaschu, Jaschu! ich will mit, wartet noch einen Augenblick! … Zum letzten Mal bittet sie: »Vater helft mir, ich will zur Mutter Gottes, dort ist sie!«

Dieselben Hände, welche sie in den Abgrund zu stoßen sich bemüht, fassen ihre Arme jetzt helfend. Mit fast übernatürlicher Kraft wird sie in die Höhe gezogen. Sie fühlt wieder Boden unter ihren Füßen, sie wird wieder von Armen gehalten, aber nicht mehr von den Armen des Henkers, sondern von denen des Vaters und ihr Kopf sinkt erschöpft an die Brust des Vaters.

Als sie sich von ihrer Ohnmacht erholt hatte, fand sie sich neben ihrem Vater liegend. Die dichte Finsternis war etwas gewichen, sie erkannte, daß er zu Kreuze lag und daß heftiges Weinen und Schluchzen seinen ganzen Körper erschütterte.

Endlich bemerkte er, daß ihr Bewußtsein zurückgekehrt war und nun bat er mit vom Weinen erstickter Stimme:

»Marysch, mein Kind! verzeihe mir.«

Das Mädchen suchte in der Dunkelheit seine Hände zu fassen, und indem sie dieselben an ihre Lippen zog, stammelte sie unter Tränen:

»Mögen Gott und der Herr Jesus Euch so verzeihen, wie ich Euch verzeihe, Vater ...«

Ein schwaches Zwielicht erhellte die Nacht immer mehr; die volle Mondscheibe stieg allmälich am Horizont empor, hell und klar. Und wieder geschah etwas Wunderbares. Maryscha sah, wie von der Mondscheibe ganze Scharen kleiner Engel sich loslösten; wie goldene Bienchen schwebten sie auf den Mondstrahlen bis zu ihr heran, und während dieselben um sie herumschwärmten, sangen sie mit lieblichen Stimmchen:

»Du armes müdes Mädchen, Friede sei mit dir! Du armer, kranker Vogel, Friede sei mit dir! Du geduldige, stille Feldblume, Friede sei mit dir!«

Dabei ließen sie weiße Lilienblüten und kleine Anemonen auf sie herniederfallen, die ihr ein Schlummerlied läuteten:

»Schlaf ein, Mädchen, schlaf ein!«

Ihr wurde so wohl zu Mute, so still und friedlich, daß sie wirklich bald einschlief.

So verging der Rest der Nacht; es fing an zu tagen. Das Wasser nahm wieder seine Silberfarbe an, die Masten und Schornsteine tauchten allmählich immer deutlicher aus dem Grau der Dämmerung hervor, sie schienen mit jeder Minute näher zu kommen. Lorenz war neben seiner Tochter niedergekniet und hatte sich über sie gebeugt.

Er glaubte, sie sei gestorben. Ihre schlanke Gestalt lag unbeweglich, die Augen hatten sich geschlossen, das blasse Gesicht hatte einen bläulichen Schimmer und sah in seiner starren Ruhe aus, wie das einer Toten. Der Alte rüttelte sie am Arme, aber sie regte sich nicht. Lorenz meinte, auch er werde sterben, wenn sie tot sei. Eine ängstliche Hast überfiel ihn; er legte seine Hand auf ihren Mund und machte die Wahrnehmung, daß sie atmete. Das Herz schlug, aber sehr schwach. Der Alte verhehlte sich nicht, daß der Tod jeden Augenblick eintreten konnte. Wenn der Tag ein klarer wurde und die Sonne den erstarrten Körper erwärmte, so war zu hoffen, daß sie wieder zum Leben erwachte, sonst nicht.

Die Möven waren auch schon munter; sie kamen herbeigeflogen, sie umkreisten den Alten und sein Kind, als trügen sie Sorge um beide. Einige ließen sich in der Nähe nieder. Frischer Tau tropfe langsam nieder und wurde schnell von dem Westwind aufgesogen, welcher lau und voll wonniger Düfte über das Meer zu ihnen herüberstrich.

Dann ging die Sonne auf. Ihre ersten Strahlen streiften die höchsten Spitzen des Gerüstes: allmälich kamen sie tiefer herab, warfen erst einzelne Streiflichter auf die Gestalt Maryschas, zuletzt fielen sie voll auf das bleiche, totenähnliche Antlitz. Sie schienen es zu küssen, umschmeichelten sanft die kalten Wangen des Mädchens, welches mit dem aufgelösten Haar und dem friedlichen Ausdruck in den Zügen aussah, wie ein Engel. Sie war ja auch wirklich ein Engel voll Güte und Sanftmut.

Herrlich stieg der Tag aus dem Meere empor; die Sonne sandte immer wärmere Strahlen aus, die laue Luft schien dem kranken Mädchen Leben einhauchen zu wollen, er kräuselte mitleidig ihr Haar und die Möven umkreisten sie krächzend, als wollten sie sie wach rufen. Lorenz zog seinen Rock aus und hüllte sie damit ein; er fing an zu hoffen.

Allmählich schien der Puls lebhafter zu werden, der blaue Schimmer im Gesicht verlor sich und machte einer leisen Röte Platz. Einmal lächelte sie wie im Traum, endlich schlug sie die Augen auf. Da Lorenz das wahrnahm, kniete er nieder, faltete die Hände und während er die Augen zum Himmel aufschlug und still betete, floßen Tränenströme über seine runzeligen Wangen. In dieser Stunde wurde er sich bewußt, wie sehr dieses Mädchen sein Augapfel, die Seele seiner Seele, etwas über alles Geliebtes war; seine Tochter.

Nun war sie ihm wiedergeschenkt; sie war erwacht zu neuem Leben und nicht das allein, sie fühlte sich auch gesünder und frischer als gestern, denn die verpestete Luft in jener Kammer hatte an ihr gezehrt, während die frische Seeluft sie stärkte. Auch das Lebensbedürfnis war wieder in ihr erwacht. Sie setzte sich auf und sprach:

»Ich bin hungerig, Vater!«

»Komm, wir wollen hinunter an das Wasser gehen, vielleicht wirft es etwas Eßbares für uns ab.«

Mit diesen Worten half Toporek seiner Tochter sich aufzurichten. Ohne allzugroße Schwäche erhob sie sich, dann stiegen sie hinunter. Während sie den Gang des Gerüstes durchschritten, sah Toporek plötzlich dicht neben sich etwas in ein Tuch eingewickelt, zwischen zwei Balken eingeklemmt liegen. Als er das Tuch auseinanderfaltete fand er darin einen Laib Brod, etwas gekochte Maiskörner und ein Stück gesalzenes Fleisch. Jedenfalls hatte einer der Hafenarbeiter gestern seine Ration für heute hier zurückgelassen; die Arbeiter haben die Gewohnheit das öfter zu tun. Lorenz und Maryscha hegten andere Gedanken über den kostbaren Fund. – Wer Anders konnte Lebensmittel auf jene Stelle gebracht haben, als Derjenige, welcher die Blumen des Feldes, die Vögel in der Luft und die Ameisen im Walde speist!

»Gott!«

Sie beteten das Morgengebet, aßen sich satt und gingen am Wasser entlang bis zu den Hauptdocks. Ihre Kräfte belebten sich nach der Sättigung und in der frischen Luft. Als sie das Zollhaus erreicht hatten, wandten sie sich aufwärts, gingen die *Waterstreet* entlang nach dem *Broadway*. Mit einigen Ruhepausen waren auf dieser Wanderung ein paar Stunden vergangen, denn der Weg war weit. Wenn sie müde waren, setzten sie sich auf umherliegende Holzstöße, oder Gepäckstücke. Ziellos gingen sie immer weiter. Ein unbestimmbares Gefühl trieb Maryscha vorwärts der Stadt zu. Sie begegneten auf dem Wege dorthin einer Menge schwerbeladener Wagen, die alle dem Hafen zurollten. In der *Waterstreet* war es schon sehr lebendig. Aus geöffneten Torbögen traten Menschen und eilten ihren gewohnten Beschäftigungen nach. In einem dieser Torbogen erblickten sie jetzt einen großen älteren Herrn mit großem Schnurrbart, welcher einen Knaben von etwa 15 Jahren neben sich hatte. Im Heraustreten war sein Blick auf Maryscha und Lorenz gefallen. Er schien aufmerksam ihre Kleider zu mustern. Man konnte deutlich sehen, daß er sich über das Fremdländische derselben wunderte; sein Schnurrbart zuckte wiederholt, ein Zug von Rührung ging über das schöne Gesicht des alten Herrn. Er betrachtete sie noch eingehender, trat nahe an sie heran und lächelte.

Ein Gesicht, welches sie freundlich anlachte hier – in New-York – das erschien dem Vater und der Tochter so wunderbar, daß sie verdutzt stehen blieben.

Der Herr blieb auch stehen und frug nun im reinen Polnisch:

»Woher seid ihr Leute?«

Als hätte der Blitz sie getroffen, so zuckten beide zusammen bei dem vertrauten Klange der Muttersprache. Lorenz wurde kreideweiß, als hätte man ihn auf einem Verbrechen ertappt. Maryscha faßte sich eher, umfaßte sogleich die Knie des Herrn und sagte:

»Wir sind aus der Provinz Posen, Erlaucht! aus der Provinz Posen.«

»Was tut Ihr hier?«

»Wir leben in Not und sind schon bald elend verhungert, teurer Herr!«

Maryscha konnte die Tränen nicht länger zurückdrängen und Lorenz fiel weinend dem alten Herrn zu Füßen. Er küßte den Rockzipfel desselben und hielt ihn fest, als ob sein Wohl und Wehe daran hinge.

War sein Träger doch ein Herr, ein wirklicher Herr und noch dazu ein polnischer. Der würde sie nicht Hungers sterben lassen, er würde sie retten aus dem Elend.

Der junge Herr, welchen der Alte bei sich hatte, riß vor Staunen die Augen weit auf: bald sammelte sich eine Menge Menschen an, welche mit offenem Munde gaffend stehen blieben, um zu sehen wie der fremde arme Mann vor dem Amerikaner kniete und seinen Rockzipfel küßte. Das war in Amerika ein niegesehener Anblick. Der alte Herr aber trat scheltend an die Gaffer heran und trieb sie auseinander.

Dann aber wandte er sich zu Lorenz und Maryscha:

»Wir wollen nicht auf der Straße bleiben«, sagte er, »kommt mit mir.«

Er führte sie nach dem nächsten *bar-room*, ließ dort ein Separatzimmer öffnen und trat mit ihnen ein.

Wieder wollten sie ihm zu Füßen fallen, aber er wehrte ihnen indem er sagte:

»Laßt das Leute! Wir sind ja Landsleute, aus derselben Provinz, von einer Mutter Erde ...«

Es schien, daß der Rauch der Zigarre, welche er rauchte, ihn in die Augen zwickte, denn er fuhr sich mit der Hand über dieselben, als wollte er etwas wegwischen.

»Seid Ihr hungrig?« frug er dann.

»Wir haben seit zwei Tagen nichts genossen als das, was wir heute Morgen auf dem Gerüst gefunden.«

»William!« sagte der alte Herr zu seinem Sohne, »bestelle etwas zu essen für sie.«

Hierauf frug er weiter:

»Wo wohnt ihr?«

»Nirgends, Erlauchter Herr! Wir sind obdachlos.«

»Wo habt ihr geschlafen?«

»Auf dem Gerüst am Wasser.«

»Man hat Euch also vor die Türe gesetzt?«

»Ja, der Wirt hat uns 'rausgeworfen, weil wir die Miete nicht zahlen konnten.«

»Habt Ihr noch Sachen außer denen die ihr tragt?«

»Nein! Wir haben nichts mehr.«

»Habt Ihr noch Geld?«

»Auch das nicht«, antwortete Lorenz.

»Was gedenkt ihr nun zu tun?«

»Wir wissen es noch nicht, Herr!«

Der alte Herr hatte die Fragen schnell nach einander an beide zugleich gerichtet.

Jetzt wandte er sich fast etwas barsch direkt an Maryscha:

»Wie alt bist Du Mädchen?« frug er sie.

»Ich vollende achtzehn auf Maria Geburt«, antwortete sie.

»Du hast viel gelitten? Man sieht es Dir an.«

Sie antwortete nicht mehr und schlug die Lider verlegen zu Boden.

Der alte Herr fuhr sich wieder über die Augen.

Der Kellner brachte jetzt warmes Fleisch und Bier.

Der alte Herr nötigte seine Gäste tüchtig zuzulangen und es sich gut schmecken zu lassen. Lorenz zierte sich und meinte, daß es sich für sie nicht schicke, an einem Tisch mit ihm zu sitzen und zu essen, er aber schalt und nannte sie dumm, wenn sie es nicht tun wollten. Sein Schelten benahm ihm aber in ihren Augen nichts von seiner Güte, er erschien ihnen, wie ein Engel vom Himmel.

Während sie aßen sah er ihnen zu, freute sich über ihren Appetit, und nachdem sie gesättigt waren, ließ er sich von Lorenz erzählen, was ihn zur Auswanderung bewogen, und welche Schicksale sie bisher durchgemacht hatten.

Der Alte erzählte wahrheitsgetreu, er verheimlichte, oder beschönigte nichts. Der alte Herr kanzelte ihn tüchtig herunter, wo er unrecht gehandelt hatte, redete ihm tröstlich zu, wo Lorenz verzweiflungsvoll klagte, als er ihm aber die Scenen der vergangenen Nacht berichtete, wie er sein Kind hatte ertränken wollen, da fuhr der alte Herr zornig auf und rief:

»Du verdienst, daß man Dir das Fell über die Ohren zieht, Alter!« Dann wandte er sich zu Maryscha, nahm ihren Kopf zwischen seine beiden Hände und küßte sie auf die Stirne.

»Armes Mädchen!« sagte er, ihr die Wangen streichelnd.

Nachdem er eine Weile schweigend überlegt hatte, fuhr er fort:

»Ihr habt viel Kummer und Elend durchgemacht, aber das Land hier ist nicht schlecht, man muß nur verstehen etwas anzufangen.«

Lorenz sah seinen Wohltäter erstaunt an. Dieser kluge, edle Mann nannte Amerika ein gutes Land.

»Das ist es auch, Du Dummkopf«, sprach der Herr weiter, als er das erstaunte Gesicht Toporeks sah, »es ist wirklich ein gutes Land. Als ich vor Jahren hierher kam, besaß ich nichts, jetzt bin ich ein wohlhabender Mann. Ihr Bauern aber solltet nicht auswandern, Ihr sollt daheim Eueren Acker bebauen, anstatt Euch in der Welt umherzutreiben. Dort fehlt Ihr, denn Ihr seid in der Heimat notwendig, hier gibt es nichts für Euch zu holen. Das Herüberkommen ist nicht schwer, zurück aber könnt Ihr nicht mehr, die meisten von Euch gehen hier zu Grunde.«

Wie im Selbstgespräch fuhr er dann fort:

»Ich bin nun schon einige vierzig Jahre hier ansässig und habe viel von dem vergessen, was in der Heimat Brauch und Sitte ist. Vieles mag sich seitdem wohl auch geändert haben, dennoch packt mich das Heimweh oft gewaltig. Nicht wahr, William, Du mußt dorthin fahren, wo die Wiege Deiner Väter gestanden hat, wo sie gelebt und gewirkt haben. – »Das hier ist mein Sohn!« unterbrach er sich, den Knaben seinen Landsleuten vorstellend. – »William, Du mußt hin, um eine Handvoll heimatlicher Erde zu holen für mich als Ruhekissen in den Sarg, nicht wahr?«

»Ja Vater!« antwortete der Angeredete in englischer Sprache.

»Auch auf die Brust eine Handvoll, hörst Du?«

»Ja Vater.«

Die Augen standen dem alten Herrn voll Tränen. Um seine Rührung zu verbergen, sprach er im Polterton weiter:

»Der Bengel versteht ganz gut polnisch, aber er spricht lieber englisch. Das ist nun aber nicht anders. Wer hierher über das Meer vom Schicksal verschlagen wird, der ist verloren für die Heimat für immer. Geh' William, sage Deiner Schwester, daß wir Mittagsgäste bekommen. Sie soll auch ein Gastzimmer für die Nacht herrichten lassen.«

Der Knabe eilte hastig davon. Der alte Herr aber versank in tiefes Nachdenken, in welchem seine Gäste ihn nicht zu stören wagten. Nach längerer Zeit fing er wieder wie im Selbstgespräch zu reden an:

»Wenn ich sie auch zurückschicken wollte, so hätte das keinen Zweck. Die Reisekosten sind nicht unbeträchtlich und was sollten sie zudem ohne Mittel in der Heimat anfangen. Wer weiß, was dem Mädchen alles begegnen kann, wenn sie hier Dienste nimmt, das ist nicht, wie daheim. Wenn sie einmal hier sind, wollen wir es doch mit der Arbeit versuchen, vielleicht bringen sie es zu etwas. Das Mädchen findet im Handumdrehen einen Mann, wenn sie nach einer unserer Ansiedelungen kommt. Vielleicht erwerben beide so viel, daß sie dann nach Europa zurückkehren und den Alten mitnehmen können, wenn sie nicht vorziehen, hier zu bleiben.«

Plötzlich wandte er sich an Lorenz:

»Hast Du von unseren Ansiedlungen hier in Amerika gehört?«

»Nein, ich weiß nichts davon«, antwortete der Alte.

»Erbarmt Euch Menschen!« rief da der Herr aus. »Ist es denn möglich? Ihr verlaßt die sichere Heimat, zieht in die unbekannte Ferne, ohne jemanden zu fragen, wie man dort lebt, wie man sein Fortkommen finden kann? Und da wundert Ihr Euch, daß Ihr hier zu Grunde geht? In Chicago gibt es solche wie Du, an zwanzigtausend, ebenso in Milwaukee; auch in Buffalo und Detroit sind viele Polen. Sie arbeiten alle in Fabriken, aber das ist nicht ihr rechtes Feld. Das Lebenselement des Bauern ist und bleibt der Ackerbau. Ich möchte Euch nach Illinois oder nach Radom schicken, hm! Dort ist nur der Acker schon rar geworden. Jetzt heißt es, die Polen wollen eine neue Provinz mit einer Hauptstadt Posen, in Nebrasca anlegen, aber dahin ist es sehr weit, das Reisegeld kostet zu viel. Die Kolonie Santa Maria in Texas liegt ebenfalls sehr entfernt. In

Borowina am Mississipi wäre noch die beste Aussicht für Euer Fortkommen, umsomehr, da ich in der Lage bin, Euch dorthin, einen Freifahrtschein auszustellen und das Geld, was sonst für die Reise ausgegeben werden müßte, Euch zur Einrichtung bleiben würde.«

Er überlegte noch längere Zeit. Plötzlich sagte er:

»Höre Alter! In Arkansas soll eine neue Ansiedelung von Polen gegründet werden, der man den Namen Borowina geben will. Das Land ist sehr schön, das Klima warm, aber arm an Bevölkerung. Du wirst dort hundertsechzig Morgen Wald von der Regierung umsonst erhalten; der Bahnverwaltung bezahlst Du eine Kleinigkeit – verstehst Du? Die Fahrscheine will ich Dir geben, ebenso etwas für den Anfang zur Einrichtung. Ihr fahrt also bis zur Stadt Little-Rock mit der Eisenbahn, von da aus werdet Ihr einen Wagen nehmen müssen. Dort werdet Ihr Menschen finden, die auch dorthin wollen, Ihr könnt also mit ihnen zusammen weiterreisen. Außerdem werde ich Euch Empfehlungsbriefe mitgeben. Ich will Euch helfen, so gut ich kann, weil ich Euer Landsmann bin. Deine Tochter bedauere ich hundertmal mehr als Dich, verstehst Du? Ihr könnt Gott danken, daß Ihr mich gefunden habt.«

Hier wurde seine Stimme weich.

»Höre nun Du mich aufmerksam an, Kind«, wandte er sich an Maryscha. »Hier hast Du meine Visitenkarte, die verwahre gut. Sollte jemals Not Dich heimsuchen, oder Du allein und schutzlos in der Welt bleiben, so suche mich auf. Du bist ein armes, gutes Kind. Sollte ich inzwischen gestorben sein, dann wird William für Dich sorgen. Nun kommt mit mir«.

Unterwegs kaufte er ihnen Wäsche und Kleider, dann führte er sie in seine Wohnung, um sie dort als seine Gäste zu behalten bis zu ihrer Abreise. Sie waren alle gute Menschen, denn auch William und seine Schwester Jenny behandelten Lorenz und Maryscha so liebevoll, als wären sie Verwandte von ihnen. William, der schon begann, den Herrn herauszukehren, behandelte Maryscha sogar galant und sagte ihr Artigkeiten, wie einer *Lady*, was ihr der Verlegenheit Röte in das Gesicht trieb. Am Abend bekam Fräulein Jenny Besuch von mehreren schön gekleideten jungen Damen, welche sehr hübsch aussahen und sehr gut waren. Sie nahmen Maryscha in ihre Mitte, bedauerten sie, weil sie so bleich aussah, flüsterten einander zu, wie schön sie sei und wie sie ihnen gefalle, dabei lachten sie herzlich, wenn Maryscha nach ihrer Gewohnheit ihnen die Kniee umfaßte und die Hände küßte.

Der alte Herr blieb mit den jungen Leuten zusammen. Er hielt Selbstgespräche, murmelte zuweilen kopfschüttelnd vor sich hin, dann wieder schien er zornig zu sein, zwischendurch plauderte er bald englisch, bald polnisch, unterhielt sich mit Maryscha und Lorenz von alten vergangenen Zeiten, von den Ereignissen im Vaterland, erinnerte sich an Mancherlei, was er erlebt hatte und mußte oft nach den, von der Rührung feuchten Augen langen, um sie zu trocknen.

Als dann die Zeit kam, wo alle zur Ruhe gingen, da konnte sich Maryscha der Tränen nicht erwehren, als sie sah, wie Fräulein Jenny mit eigenen Händen ihr das Lager zurecht machte. O, wie gut waren doch diese Menschen! Das war aber kein Wunder, denn sie waren ja Landsleute aus derselben Provinz.

Am dritten Tage darauf befanden sich Lorenz und Maryscha schon auf dem Wege nach Little-Rock. Der Bauer fühlte sich reich mit den hundert Dollars in der Tasche, die ihm sein Wohltäter geschenkt, und Maryscha fühlte sich geborgen in dem Bewußtsein, daß Gottes Barmherzigkeit sie behütete, daß seine Hand sie führen und nicht verderben lassen würde, ja sie glaubte heute mehr denn je, daß der, welcher sie aus der höchsten Not gerettet, auch Jaschu sicher zu ihr geleiten und ihnen beiden helfen werde, wieder nach Lipiniez zurückzukehren.

Der Eisenbahnzug hatte schon eine beträchtliche Wegstrecke zurückgelegt. Sie waren an Farmen und Landstädten vorübergekommen. Hier war es ganz anders als in New-York. Hier war die Luft reiner, Büsche, Felder und kleine Häuschen, um welche Obstbaumgruppen standen, ganze Flächen Ackerfurchen, auf denen die Saat grünte, ganz wie daheim. Das Herz ging dem alten Lorenz auf, ihm wurde so fröhlich zu Mute, daß er am liebsten laut aufgejauchzt hätte, »o, ihr Wälder, ihr grünen Felder!« Auf den Wiesen weideten Schaf- und Rinderherden und in den Gehölzen sah man Männer mit Äxten arbeiten.

Allmälich wurde die Gegend stiller, öder. Die Farmen kamen immer vereinzelter zu Gesicht, das Land wurde zur weiten, offenen Steppe. Hohe Gräser und Steppenblumen wogten vom Winde bewegt hin und her, stellenweise schlängelten sich wie goldene Bänder, Streifen durch das Grasmeer, die nur mit tausenden goldigen Blüten bedeckt waren; das waren die ehemaligen Steppenstraßen, aus welchen die rollenden Wagenräder den Graswuchs zerstört hatten. Meterhohe Königskerzen, Koloquinten und stachelige Disteln nickten im Winde, als wollten sie die Vorüberfahrenden grüßen. Steppenaare kreisten mit weitgespreizten

Flügeln über der endlosen Fläche und suchten spähend im tiefen Grase nach Beute.

Der Zug raste vorwärts, als könne er nicht früh genug an seinem Ziele anlangen. Von den Fenstern der Wagen aus, konnte man ganze Herden Hasen und kleine Präriehunde sehen, die sich friedlich miteinander vertrugen. Seltener sah man das Geweih und den Kopf eines Hirsches über den Gräsern auftauchen. Nirgends ein Kirchturm, ein Haus, eine Stadt, ein Dorf, die Stationen nur vereinzelt und auch in ihrer Nähe keine Spur von menschlichen Ansiedelungen.

Lorenz sah das alles und schüttelte ein über das andere Mal verwundert den Kopf, daß so viel »teueres Gut«, wie er die Prärie nannte, unbebaut dalag.

So fuhren sie einen Tag und eine Nacht. Am Morgen des nächsten Tages kamen sie in den Urwald. Die Baumriesen waren von Schlingpflanzen umrankt, die so dicht und so dick waren, wie die Arme eines Menschen. Ihre Ranken zogen sich von Baum zu Baum, so daß derselbe undurchdringlich dicht schien. Unbekannte Vögel flatterten und hüpften in diesem Dickicht umher; einmal war es den Reisenden so, als hätten sie im Vorübersausen, zwischen dem Gehölz Reiter gesehen, mit bunten Federbüschen auf den Köpfen und kupferfarbenen Gesichtern, die wie poliert glänzten.

Lange hatten unsere Reisenden stillschweigend diese Wunder der Urwälder betrachtet, ohne ihrer Verwunderung laut Ausdruck zu geben. Endlich brach Lorenz das Schweigen, indem er in seiner gewohnten Weise kurz frug:

»Marysch!«

»Was wollt Ihr, Vater?«

»Siehst Du?«

»Ja, ich sehe!«

»Und wunderst Du Dich?«

»Freilich wundere ich mich.«

Zuletzt fuhren sie über die Brücke eines Flusses, welcher drei Mal so breit war als die Warthe und dessen Namen sie erst später erfuhren; es war der Mississipi. Spät in der Nacht erreichten sie ihr vorläufiges Ziel, Little-Rock.

Dort mußten sie erst den weiteren Weg nach Borowina erfragen.

Verlassen wir Lorenz und Maryscha einstweilen. Der zweite Teil ihrer Jagd nach dem Glück geht hier zu Ende.

3. Das Ansiedlerleben

Was ist Borowina? Eine Ansiedelung die erst entstehen soll. Man hatte einen Namen für sie ersonnen, noch ehe sie existierte, wahrscheinlich von dem Grundsatze ausgehend, daß, wo erst ein Name sei, sich auch die Sache dazu finden werde.

Die polnischen und englischen Zeitungen in New-York, Chicago, Buffolo, Detroit, Milwaukee, Manitovok, Denver, Calumet, mit einem Wort überall dort, wo man polnisch sprechen hörte, hatten Bekanntmachungen folgenden Wortlautes gebracht:

»Allen hierorts im allgemeinen, besonders aber den polnischen Ansiedlern sei bekannt gemacht, daß wer gesund sein, reich und glücklich werden, gut essen, lange leben und nach dem Tode selig werden will, der zeichne einen Teil an dem Unternehmen, eine neue Ansiedelung zu gründen in dem Paradiese dieses Weltteils, genannt Borowina in Arkansas, dem zwar noch urbar zu machendem, aber schönsten und gesündesten Stück Erde. Zwar ist die Stadt Memphis jenseits des Mississipi eine Brutstätte des gelben Fiebers, aber nach sicheren Mitteilungen kann weder das gelbe noch ein anderes Fieber einen so breiten Strom passieren, als der Mississipi ist. Es ist auch deshalb noch nicht bis an die oberen Ufer des Flusses Arkansas vorgedrungen, weil die benachbarten Chowtak Indianer es unbarmherzig skalpieren würden, so bald es sich sehen ließe.«

»Das Fieber zittert beim Anblick einer Rothaut, weshalb die neuen Ansiedler in Borowina das Vergnügen haben werden, zwischen dem Fieber im Osten und den Rothäuten im Westen, auf völlig neutralem Gebiete zu wohnen, denn die Indianer fürchten das Fieber ebenso sehr, als sie von ihm gefürchtet werden, daher sich beide geflissentlich aus dem Wege gehen. Borowina hat eine große Zukunft; es wird in tausend Jahren eine nach Millionen zählende Einwohnerschaft haben und der Acker Land, welcher gegenwärtig für einen halben Dollar zu erstehen ist, wird nach Ablauf dieser Zeit zu Bauplätzen im Preise bis zu tausend Dollar für den Quadratmeter verkauft werden.«

Es war schwer solchen Lockungen zu widerstehen. Denjenigen, welche dennoch Bedenken trugen in so naher Nachbarschaft mit den Chowtaks zu wohnen, wurde zugesichert, daß dieser tapfere Indianerstamm gerade den Polen große Sympathien entgegenbringe und ihre Beziehungen die denkbar angenehmsten zu werden versprechen. Zudem war genügend bekannt, daß, wo die Eisenbahn mit ihren Telegraphenstangen in Gestalt von Kreuzen ihren Weg sich legt, diese Stangen sehr bald die Grabdenkmäler auf den Gräbern der Indianer werden. Da nun das Land bis Borowina von der Eisenbahnverwaltung bereits angekauft war, so blieb das Verschwinden der Indianer nur eine Frage der Zeit.

Das Land war wirklich schon zur Anlegung einer Bahnstrecke angekauft, ein Umstand, welcher der neuen Ansiedelung die Verbindung mit der Außenwelt, den Handelsplätzen in sichere Aussicht stellte, sowie das Verkehrsmittel zur Verwertung der zu erwerbenden und zu erwartenden Produkte. Die Zeitungen hatten nur vergessen, in der Bekanntmachung zu sagen, daß der Bau der Bahnlinie erst projektiert sei und daß die Verwirklichung des Projektes ganz von der Zahl der von der Direktion zu verkaufenden Parzellen abhänge, deren Ertrag die Bau- und Anlagekosten decken sollten. Diese Vergeßlichkeit hatte nur einen Unterschied zur Folge, und zwar den, daß Borowina anstatt an einer Verkehrslinie zu liegen, in einer Wildniß liegen mußte, zu welcher der Zugang nur mittels Wagen unter sehr schwierigen Verhältnissen stattfinden konnte. Doch die Mißverständnisse und Unbequemlichkeiten, welche aus dieser Vergeßlichkeit entstehen mußten, konnten nur von kurzer Dauer sein, d. h. nur so lange währen, bis die Bahn gebaut war.

Man wußte ja auch, daß in Amerika Bekanntmachungen nicht wörtlich genommen werden durften, denn wie jede Pflanze in diesem Lande, auf Kosten des Wohlgeschmackes der Frucht, üppig in's Kraut schießt, so treibt auch die Phantasie in der amerikanischen Reklame die unglaublichsten Auswüchse, so daß es oft schwer fällt, aus dem rhetorischen Überschwang, das Korn Wahrheit herauszufinden, das es enthält. Abgesehen aber von allem, was in den Bekanntmachungen über Borowina sogenannter *humbug* war, konnte immerhin angenommen werden, daß die Anlage der Ansiedelung nicht unter schwierigeren Verhältnissen zu bewerkstelligen sein würde, als diejenige tausend anderer, die gleich überschwänglich angekündigt worden waren.

Da die Bedingungen verhältnismäßig günstige gewesen sind, so konnte es nicht fehlen, daß eine Menge Personen, ja ganze polnische Familien, welche in allen Staaten Nordamerikas zerstreut waren, von den großen Seen, bis hinunter nach Florida, vom atlantischen Ozean bis Kalifornien sich an der neu zu erstehenden Ansiedelung beteiligen wollten.

Masuren aus Ostpreußen, Schlesier, Posener Auswanderer, galizische Bauern, Litauer und Warschauer Masuren, welche in den Fabriken Chicagos und Milwaukees arbeiteten, alle diejenigen, welche sich längst nach der Arbeit und den Gewohnheiten des Bauernstandes sehnten, beeilten sich, die Gelegenheit zu ergreifen, um den rauchigen Städten und der ungesunden Fabrikarbeit den Rücken zu kehren und zu Pflug und Axt zu greifen, um im schönen Arkansas Wald und Land zu bearbeiten. Der Beiname des Staates Arkansas »Bloody-Arkansas«, das heißt »blutiges«, schreckte nicht zu viele von der Beteiligung zurück. In Wahrheit besteht die Bevölkerung des Landes dort nur aus raubgierigen Indianern, Räubern, die sich durch Flucht dem Urteil des Gesetzes entzogen, aus verwilderten Squaters, welche entgegen dem Verbot der Regierung am Red-River die Waldungen ausholzten, aus Abenteuerern und Verbrechern, die dem Galgen entronnen. Der westliche Teil des Staates Arkansas ist bis auf den heutigen Tag noch viel genannt, wegen der blutigen Zusammenstöße der Indianer mit den weißen Jägern auf den Büffeljagden, und des schrecklichen Lynchgerichtes wegen, welches dort noch geübt wird.

Das alles aber schreckte die Bewerber nicht ab. Wenn der Masure eine Axt in der Hand hat, dazu von jeder Seite noch einen, und im Rücken auch einen Masuren, dann nimmt er es mit jedem und allem auf. Er schreit einem jeden, der ihm in den Weg kommt sein »Platz da!« zu und haut gleich d'rein, wenn der andere nicht Folge leistet.

Der Hauptsammelpunkt der Auswanderer war die Stadt Little-Rock. Von Little-Rock bis Clarcsville, der nächsten Ansiedelung von Borowina aus, war es etwas weiter, wie von Warschau nach Krakau und das schlimmste war, daß der Weg dahin durch wüstes Land, durch fast unpassierbare Wälder und über, aus ihren Ufern getretene Flüsse ging. Etliche der Auswanderer, die nicht bis zum Aufbruch der ganzen Karawane warten wollten, traten allein die Reise nach Clarcsville an und blieben verschollen. Die Karawane war eben jetzt glücklich in Borowina angekommen, und hatte sich nun im Walde gelagert.

Die Auswanderer fühlten sich sämtlich sehr enttäuscht, als sie an Ort und Stelle angekommen waren. Sie hatten erwartet, Ländereien und Wald vorzufinden und hofften, sogleich mit der Bearbeitung des Ackers beginnen zu können. Statt dessen fanden sie nur dichten Urwald, welcher erst gerodet werden mußte, um ein freies Fleckchen zu gewinnen. Schwarze Eichen, Rotholz, Baumwollenbäume, Platanen und düstere Zypressen, alle dicht nebeneinander, eine formlose Masse bildend. Das war nicht zum freuen, nicht zum lachen. Dichtes Buschwerk bildete das Unterholz, Lianen rankten sich von Baum zu Baum, von Ast zu Ast so dicht, daß sie nicht von einander zu trennen waren. Kreuz und quer zogen sich die Ranken bis hoch hinauf in die Wipfel der höchsten Bäume, so daß kein Durchblick gestattet war, kein Lichtstrahl, kein Sonnenfunke in diese Wildnis dringen konnte. Das war kein offener Wald, wie die Wälder der heimatlichen Erde; hierhinein konnte niemand gehen. Wer da hineindringen wollte, der lief Gefahr, sich zu verirren oder von wilden Tieren zerrissen, oder von sonst was getötet zu werden. Einer und der andere der Masuren, sah mit prüfendem Blick seine arbeitgewohnten Hände, seine scharfe Axt an und ließ dann den Blick hinüberschweifen zu der Wildnis mit der stummen Frage im Auge: »Werden wir euch zwingen, ihr Riesen, wer von uns wird der Stärkere sein?« Und der Mut sank ihnen, denn wie sollten sie diese Eichen fällen, deren schwächste einen Umfang von mehreren Metern hatte?

Es ist etwas schönes um den Besitz eines Stück Waldes, der uns das Material zum Aufbau eines Hauses liefert, uns Holz gibt, im Winter unsere Öfen zu heizen. Unmöglich aber ist es für einen einzelnen die Baumriesen hier auf einer Fläche von hundertsechzig Morgen auszuroden, die Wurzelstöcke aus der Erde zu heben und den Boden zu ebnen, um ihn dann erst für die Einsaat zu bearbeiten. Dazu ist eine Reihe von Jahren erforderlich.

So ähnlich waren wohl die Gedanken aller, die hier angekommen waren, Güter, Reichtümer und Glück zu erjagen. Da es aber sonst nichts zu tun gab, so faßten einzelne kurz entschlossen ihre Axt, bekreuzten sich fromm und gingen an's Werk. Unter Ächzen und Stöhnen fielen die ersten Schläge und von da ab konnte man täglich die dumpfen Schläge der Äxte in dem Urwalde von Arkansas hören, zuweilen auch tönten die Melodieen polnischer Lieder dazwischen, die der Luftzug, in lang gezogenen Tönen, weit in die Ferne trug:

»Kam der Michel her den Weg
Von dem Herrenhofe,
Und vom Felde her, den Steg,
Wohl der Herrin Zofe.
Bat der Michel sie gar schön,
Komm, laß uns zum Walde geh'n.«

Das Lager der Auswanderer stand an einem Bache, auf einem ziemlich geräumigen Plane, um dessen Rand im Quadrat die Wohnhäuser, mit der Zeit dann, in der Mitte eine Kirche, und ein Schulhaus erbaut werden sollte. Da bis zur Fertigstellung der Wohnhäuser wohl noch einige Zeit vergehen konnte, so nahmen inzwischen die Wagen die Stelle derselben ein, aus welchen die Ansiedlerfamilien angekommen waren. Man hatte sie in einem rechten Winkel aufgestellt, damit sie im Falle eines Überfalles gleich als Schutzwall und kleine Festung dienen konnten. Hinter den Wagen, auf dem übrigen freien Platze, liefen die Maulesel, Pferde, Kühe und Schafe frei herum. Aus den jüngsten männlichen Gliedern der Ansiedler hatte man Wächter für die Herden angestellt, welche auch sonst das Lager zu bewachen hatten. Die Menschen schliefen in den Wagen, zum Teil auch im Freien an Lagerfeuern.

Tagsüber befanden sich nur Frauen und Kinder im Lager. Die Anwesenheit der Männer verriet sich nur durch die dumpfen Schläge der Äxte, von welchen der Wald widerhallte. Nachts hörte man das Geheul der wilden Tiere aus dem Dickicht, besonders das der Steppenwölfe, der Jaguare und Hyänen. Häßliche graue Bären, welche den Schein des Feuers weniger fürchten als andere Tiere, kamen bis dicht an die Wagen, weshalb die nächtliche Ruhe oft durch Flintenschüsse und die Rufe: »Helft, schlagt die Bestie nieder!« unterbrochen wurde. Diejenigen Männer die aus Texas herübergekommen waren, waren meist sehr geschickte Jäger und sie waren es auch, welche mit Leichtigkeit sich und ihren Familien Wildbraten verschafften, namentlich das Fleisch der Antilopen, Hirsche und Büffel, denn gerade jetzt hatten diese Tiergattungen ihre Wanderungen vom Süden nach dem Norden angetreten.

Die anderen Ansiedler nährten sich von den Vorräten, welche sie in Little-Rock gekauft und mitgebracht oder in Clarcville erstanden hatten. Sie bestanden zumeist aus Maismehl und Salzfleisch. Außerdem wurden Schafe geschlachtet, deren jede Familie eine bestimmte Anzahl angekauft hatte.

Wenn abends um die Wagen herum die großen Feuer brannten, versammelten die jungen Leute sich, anstatt schlafen zu gehen, um dieselben zum Tanz. Einer der jungen Burschen hatte eine Geige bei sich, auf welcher er nach dem Gehör, beliebte Tanzstücke spielte, und wenn der Ton der Geige im weiten Räume allzusehr verhallte, so halfen andere nach, indem sie nach amerikanischer Weise mit Blechgefäßen dazu trommelten. Das Leben verfloß unter schwerer Arbeit lärmend und ungeregelt.

Die erste Sorge der Ansiedler war die, Wohnhäuser zu bauen: es standen auch bereits in kurzer Zeit die Umfassungswände einiger Blockhäuser auf dem Plan, welcher ganz und gar mit Spähnen, Hobelspähnen, Rinde und sonstigen Abfällen bedeckt war. Das Rotholz ließ sich leicht bearbeiten, nur mußte man es oft weit herholen. Einige richteten sich einstweilen Zelte aus den Plachen der Wagen her; andere, besonders unverheiratete Burschen, denen es weniger um ein Obdach zu tun war, und die sich selbstzufrieden mit ihrem Mantel zudeckten, fingen an, den Erdboden umzuackern, da, wo kein Unterholz zwischen den Bäumen sich befand, und die Eichen und Eisenbäume nicht so dicht standen. Zu jener Zeit wurden in den Wäldern von Arkansas zum ersten Mal die Rufe laut, mit welchen die Polen ihre Zugtiere antreiben: »Hetsch, ksobie, bysch!«

Es stürmte aber eine solche Arbeitslast auf die Ansiedler ein, daß sie tatsächlich nicht wußten, wo sie beginnen, und wo aufhören sollten. Was war wohl das Notwendigere – Häuser ausbauen, Bäume fällen, pflügen, oder der Jagd nachgehen? Gleich anfangs hatte es sich herausgestellt, daß der Bevollmächtigte der Kolonisten von der Eisenbahn das Land gekauft hatte, ohne es gesehen zu haben, sonst hätte er unmöglich nur Urwald kaufen können, besonders da es leicht gewesen wäre, eine nur teilweise mit Wald bestandene Steppenfläche in gleichem Flächenmaße käuflich zu erhalten. Nun war er mit einem Beamten, einem Bevollmächtigten der Eisenbahndirektion hergekommen, um die einzelnen Parzellen zu vermessen und einem jeden das Seinige zuzuteilen. Als sie die Lage der Dinge erkannten, drehten sie sich zwei Tage lang in der Kolonie herum, ohne etwas zu tun, zankten sich tüchtig und reisten zuletzt ab unter dem Vorwande, ihre Instrumente zu holen. Dieselben wollten sie in *Clarcsville* zurückgelassen haben, sie kehrten aber nicht wieder nach Borowina zurück.

Bald erwies sich, daß die einen der Ansiedler mehr, die anderen weniger bezahlt hatten und was das schlimmste war, – niemand wußte, was sein war und was den anderen gehörte. Keiner konnte sagen, wo die Grenzen seines Grundstückes anfingen und wo sie aufhörten. Die Ansiedler blieben ohne jede Leitung, ohne Obrigkeit und Führer, welche ihre Angelegenheiten hätte wahrnehmen und ordnen und die ausbrechenden Streitigkeiten schlichten können. Man verstand auch nicht die Arbeit einzuteilen. Deutsche Ansiedler hätten sicherlich sich gemeinschaftlich mit vereinten Kräften an die Urbarmachung eines Teiles des Waldes gemacht; sie hätten dann zuerst Wohnungen gebaut und dann rings um dieselbe jedem vorläufig ein kleineres Stück Land zugemessen.

Die Masuren und Polen machten es anders. Sie wollten ein jeder gleich das Seinige voll und ganz zugemessen haben, jeder wollte für sich arbeiten und nur sein Haus bauen, seinen Acker bestellen und ein jeder wollte seinen Anteil dicht an dem Lagerplane, wo der Wald am wenigsten dicht war, und nahe beim Wasser haben. Daraus entstanden erst Plänkeleien, dann ernsthafte Händel, welche bald noch größere Dimensionen annahmen, als eines schönen Tages, wie vom Himmel herab ein gewisser Herr Grünmanski mit einem großen Wagen erschien. In Cincinnati bei den Deutschen mochte dieser Herr kurzweg Grünmann geheißen haben. Hier in Borowina legte er diesem Namen ein sli zu, damit er polnisch klinge und der Handel besser gehe. Sein Wagen hatte eine hohe Leinwandplane; aus jeder Seite derselben leuchtete in großen schwarzen Buchstaben die Inschrift: »*Saloon*« und darunter etwas kleiner: »*Brandy, whisky, drin*«.

Wie dieser Wagen so allein in seiner ganzen Größe und Schwere den gefahrvollen Weg durch die Wildnis zwischen Clarcsville und Borowina zurückgelegt haben mochte, erschien allen rätselhaft. Wunderbar, er war unbeschädigt geblieben trotz der Steppenräuber, welche in kleinen Abteilungen die Gegend unsicher machten und vereinzelte Reisende und Fuhrwerke überfielen. Warum Herr Grünmann von den Indianern nicht skalpiert worden war, das blieb sein Geheimnis; genug, er war da und machte gleich am ersten Tage ein gutes Geschäft.

Von diesem Tage an war offener Streit unter den Ansiedlern ausgebrochen. Den tausenderlei kleinen Ursachen zu Streitigkeiten um die Teilung des Areals, das Handwerkszeug, die Schafe und um die Schlafstellen an den Lagerfeuern gesellten sich jetzt die nichtigsten Dinge. Es war da plötzlich unter den Ansiedlern ein gewisser amerikanischer Lokalpatriotismus erwacht, welcher unter dem Einfluß der Spirituosen sich zu einem ernsthaften Kampfe der Geister entwickelte. Diejenigen, welche aus den nördlichen Staaten hierher gekommen waren, lobten ihren früheren Aufenthaltsort auf Kosten der südlichen Staaten und umgekehrt. Da konnte man jenes amerikanisch-polnische Kauderwelsch hören, welches hier mit englischen Floskeln so innig verwoben war, wie anderwärts mit Worten anderer fremder Idiome, die der Pole sich gerne aneignet, wo er abgetrennt vom Vaterlande unter fremden Völkern sich aufhält.

»Zu was Ihr erst Euere südlich gelegenen Winkel lobt«, sagte ein junger Mensch aus der Gegend von Chicago. »Bei uns, in Illinois findet Ihr, wohin Ihr Euch auch wendet, die schönsten Farmen und seid Ihr mit den Braunen oder Rappen eine kleine Meile gefahren, kommt Ihr wieder zu einer Stadt. Will man eine Farm anlegen, dann braucht man nicht erst ein Stück Wald auszuroden, um das Haus bauen zu können, man kauft einfach das Bauholz. Wie steht es dagegen bei Euch?« renommierte der Bursche.

»Bei uns«, erwiderte der Gehänselte, »ist dafür eine Farm viel mehr wert, als bei Euch eine ganze Stadt voll Blockhäuser.«

»Goddam, Du beleidigst mich!« rief der erstere. »Was willst Du? Dort war ich ein *syr*, ich will auch hier ein *syr* sein und was bist Du?«

»*syr*« bedeutete in englischer Sprache *sir*; der polnische Bauer verunstaltete das Englisch durch die Aussprache.

Doch der andere ließ sich nicht einschüchtern.

»Halt's Maul!« schrie er, »oder ich nehme den *szyngels* oder ich tauche Dir den Kopf in das Teerfaß, damit Du das Maul voll genug kriegst, um mich in Ruhe zu lassen. Was willst Du noch?«

»Du willst mich fallisieren?«

Mit diesen Worten hatte der erste seinen Gegner an der Kehle und die Schlägerei war im Gange.

Es wurde von Tag zu Tag schlimmer in der Ansiedelung; die Menschenheerde hier glich einer Heerde Schafe ohne Hirten. Der Streit um die Feststellung der Grenze wurde immer erbitterter. Die Kämpfe erstreckten sich nicht mehr nur auf einzelne Personen, sondern es bildeten sich Parteien der verschiedenen Ansiedlergebiete aus welchen man hierher gekommen war. Alte, erfahrene und kluge Männer gewannen zwar mit der Zeit das Übergewicht und eine kleine Machtstellung in der Ansiedelungsgemeinde; es gelang ihnen jedoch nicht immer die Streitenden auseinander zu halten. Einigkeit, vollkommene Einigkeit herrschte nur in Stunden gemeinsamer Gefahr, und wenn z. B. indianische Spitzbuben bis dicht an die Wagen vordrangen, um einige Schafe zu stehlen, dann wandten sich alle jungen Hitzköpfe ohne Besinnung der Verfolgung zu. Man hatte das eine Mal den Dieben die Beute wieder abgejagt und eine Rothaut so kräftig durchgebläut, daß sie kurz darauf starb. An diesem Tage herrschte die schönste Eintracht im Lager, doch schon am nächsten begannen die allen Streitigkeiten wieder. Auch wenn abends nach getaner

Arbeit der Geiger zu spielen anfing, nicht zum Tanze, sondern verschiedene Liedermelodieen, welche ein jeder entweder selbst aus der alten Heimat, im Vaterlande, oder durch Überlieferung kannte, wurde es still im Lager. Die Männer schaarten sich um den Spieler im Kreise, der Wald rauschte die Begleitung dazu, die Feuer im Lager knisterten und warfen Funkenfontänen in die Luft. Die Köpfe der Zuhörenden senkten sich dann wohl auf die Brust, die Stirnen umdüsterten sich und die Gedanken zogen fort, weit hinüber über das Meer. Oft stand der Mond schon lange am Himmel oben und schien hernieder auf die Menschen da drunten zwischen den Bäumen des Urwaldes, die noch immer stumm dasaßen und den heimatlichen Melodieen lauschten.

Ausgenommen aber diese wenigen Stunden friedvollen Zusammenhaltens, lockerten sich die nationalen Bande, welche dieses hierher in die Wildnis verschlagene Häuflein Menschen hätten zusammen halten sollen immer mehr; sie vermochten, verlassen von intelligenten Führern und Beratern nicht sich selbst zu regieren.

Mitten unter diesen Ansiedlern finden wir zwei uns wohlbekannte Gestalten, – den alten Lorenz Toporek und seine Tochter Maryscha. Nachdem sie einmal nach Arkansas gekommen waren, mußten sie in Borowina das Loos der Ansiedler teilen. Es ging ihnen anfangs gut und sie befanden sich sehr wohl, denn der Wald war für sie ein weit angenehmerer Aufenthalt als das Straßenpflaster von New-York. Dort hatten sie nichts besessen. Hier besaßen sie einen Wagen, etwas Inventar, welches sie in Clarcsville billig erstanden hatten und etwas Ackergerät. Dort hatte das Heimweh sie fast aufgezehrt, hier ließ die harte Arbeit vom Morgen bis zum Abend sehnsüchtige Gedanken nicht erst aufkommen. Lorenz rodete vom frühen Morgen an im Walde und spaltete Spähne und Balken für ein Blockhaus zurecht. Das Mädchen wusch am Bach die Wäsche, unterhielt das Feuer, damit es nicht verlösche und bereitete die Mahlzeiten. Aber trotz aller Arbeit und Mühen, sahen beide, Maryscha und Lorenz wohler aus, als früher. Die Bewegung in der frischen Waldluft hatte allmälich jede Spur von Krankheit aus Maryschas Antlitz verwischt, der warme Wind von Texas ihre Wangen gefärbt und das zarte Gesicht mit einem bräunlichen Schimmer überzogen. Die jungen Burschen von San Antonio und von den großen Seen, die sonst um jede Lapalie sich gegenseitig mit den Fäusten bedrohten, waren doch einig in der Meinung, das Maryschas Augen unter den flachsblonden Haaren hervorschauten wie die Kornblumen aus dem Ährenfelde und daß sie das schönste

Mädchen sei, welches sie je gesehen. Die Schönheit seiner Tochter gereichte auch dem alten Lorenz zum Segen, denn er hatte bei der Teilung sich dasjenige Stück Land und Wald genommen, wo die Bäume am wenigsten dicht standen und niemand hatte dagegen protestiert, weil alle Burschen sofort seine Partei ergriffen. Einer oder der andere half ihm auch beim Fällen der Bäume, beim Behauen der Balken und dem Zusammenfügen derselben, und da der Alte klug genug war, um zu durchschauen, warum sie das taten, sagte er von Zeit zu Zeit zu ihnen:

»Meine Tochter geht auf der Wiese wie eine Lilie daher, wie eine Dame und Königin. Ich werde sie nicht dem ersten besten geben, denn sie ist eine Wirtstochter; nur der soll sie haben, der mit mir schön tut und mich artig behandelt, kein anderer!«

Die jungen Burschen wußten nun, daß wer sich selbst dienen wollte, ihm dienen mußte.

Es wäre dem Alten und seiner Tochter nun tatsächlich gut gegangen, wenn für die Ansiedler auch nur im mindesten gute Aussichten gewesen wären. Leider aber wurden dieselben von Tag zu Tag schlechter. Woche um Woche verging. Rings um den Plan waren schon eine Menge Bäume gefallen, der Boden lag dicht mit Holz und Spähnen bedeckt, hie und da standen schon die Wände eines Blockhauses. Doch war das, was bis jetzt getan war, verschwindend klein zu dem, was noch getan werden mußte. Die grüne Mauer des Waldes wich nur ganz langsam den Axthieben der Ansiedler. Diejenigen, welche sich einmal tiefer in die Wildnis gewagt hatten, brachten die Nachricht mit, daß der Wald endlos sich weiter strecke, daß sie auf Sümpfe gekommen seien, die sie hinabzuziehen gedroht, und daß sie deutlich unterirdische Wasser murmeln gehört. Andere erzählten, der Wald sei von unheimlichen Wesen bewohnt; sie hätten genau gesehen, das Mißgestalten auf den Bäumen umherklettern, daß unförmliche Schatten, gleich Gespenstern, durch das Dickicht huschten, Schlangen unter dem Geranke zischelten und sie geheimnisvolle Stimmen flüstern gehört hätten: »Geht nicht weiter!«

Ein Bursche aus der Gegend von Chicago wollte den Teufel in eigener leibhaftiger Gestalt gesehen haben, wie er den gräulichen, zottigen Kopf aus dem Sumpfe erhoben, ihn erst angefaucht und dann auf ihn zugekommen sei, so daß er kaum noch vor Schreck zu laufen und in das Lager zu entkommen vermocht hätte. Die Ansiedler aus Texas bemühten sich vergeblich, ihm zu erklären, daß das, was er gesehen, ein Büffel war; er blieb dabei, das könne nur der Teufel gewesen sein. So halfen die

Vorurteile und eine törichte Furcht vor Gespenstern und übernatürlichen Wesen, die Lage der Ansiedler noch verschlimmern. Der Zufall wollte, daß zwei Vorwitzige, die den Wald einmal gründlich untersuchen wollten, nicht wieder zurückkehrten.

Einige der Männer erkrankten von der Überanstrengung. Sie bekamen Kreuzschmerzen, später kam das Fieber dazu. Die Streitigkeiten um »mein« und »dein« arteten zu blutigen Kämpfen aus. Wer sein Vieh nicht gezeichnet hatte, dem bestritt der andere sein Eigentumsrecht an dasselbe. Die Parteien trennten sich, man schob die Wagenburg auseinander, die Wagen standen auf dem ganzen Plane umher; alle Ordnung war aufgelöst, man bestellte keine Wächter mehr für das Lager, für das Vieh, die Schafe verliefen sich im Walde und wurden von Raubtieren gefressen. Und zu alledem mehrte sich die Gewißheit von Tag zu Tag, daß Tau und Feuchtigkeit die Menschen krank machen werde, ehe ein Sonnenstrahl die Finsternisse dieses Waldes durchbrechen konnte, daß alle Vorräte zu Ende gehen mußten, daß Hunger und Not sie aufzehren würden, ehe man so weit gekommen, um das erste Samenkorn in die Erde zu streuen.

Jeder von ihnen hätte freudig gearbeitet, wenn er sich hätte sagen können, »bis dahin bin ich am Ziele«! Keiner aber konnte sagen, das gehört mir, jenes dir, keiner aber konnte das Ende seiner Arbeit absehen. Klagen wurden laut. Man beschuldigte die Vertreter der Ansiedler bei der Regierung, daß diese sie in die Wildnis geschickt, um sie dem Verderben zu überliefern. Allmälich machten sich diejenigen, welche noch etwas Geld hatten auf und gingen mit ihren Wagen nach Clarcsville zurück. Der größte Teil der Ansiedler hatte jedoch sein Geld bereits in das Unternehmen gesteckt; sie hatten nicht mehr die Mittel von hier fortzukommen. Diese Armen rangen verzweifelt die Hände, wenn wieder ein Wagen davonfuhr. Allmählich verstummten die Axtschläge, denn Müdigkeit und Mutlosigkeit hatte die Zurückbleibenden erfaßt; sie sahen ihrer Vernichtung entgegen.

Der Wald brauste ihnen ein Lied von Sterben und Verderben.

Eines Tages abends kam Lorenz zu seiner Tochter und sagte zu ihr:

»Ich sehe es kommen, Marysch, daß wir alle hier zu Grunde gehen, wir mit.«

»Es geschehe Gottes Wille«, entgegnete das Mädchen. »Er war uns bis jetzt mit seiner Barmherzigkeit nahe, wie sollte er uns nun verlassen.«

Während sie das sagte, richtete sie die kornblumfarbenen Augen empor zum Himmel und die hellen Sterne, welche da oben funkelten, schienen auf sie herab, so daß sie aussah, wie ein Madonnenbild.

Die Burschen aus Chicago und die Jäger aus Texas konnten ihre Blicke nicht losreißen, von ihrem Anblick. Sie riefen wie aus einem Munde:

»Auch wir werden Dich nicht verlassen, so wahr uns Gott helfe.«

Sie dachte soeben, daß in der ganzen Welt nur einer war, dem sie gefolgt wäre, bis ans Ende der Welt – Jaschu in Lipiniez. – Der aber hatte sie verlassen, obgleich er geschworen, ihr zu folgen, dahin, wo sie auch sei.

Auch ihr konnte nicht entgangen sein, wie schlimm die Dinge in der Ansiedelung standen. Gott hatte sie aber nicht verlassen, als sie in größeren Nöten sich befunden; er hatte ihr in der schrecklichsten Not ihres Lebens beigestanden. Deshalb schreckte sie so leicht nichts mehr. Sie blieb auch jetzt heiter, das Vertrauen auf die Hilfe des Allmächtigen konnte ihr nichts rauben.

Endlich auch hatte sie für den Fall höchster Not die Adresse des alten Herrn in New-York, welcher ihnen so edelmütig auf die Füße geholfen, sie hieher geschickt und ihr bei Einhändigung seiner Karte so eindringlich empfohlen hatte, sie nicht zu verlieren und sogleich zu ihm zu kommen, wenn sie sich in Not befinden sollte. Bei ihm fand sie sicher jederzeit Hilfe.

Aber es sollte noch schlimmer kommen. Es wurde immer einsamer und stiller im Lager; von denen, welche es schon verlassen hatten, drang keine Nachricht zu ihnen. Niemand wußte, ob sie glücklich in Clarcsville angekommen waren, oder nicht.

Da erkrankte auch der alte Lorenz. Die übermäßige Anstrengung hatte schon jüngere niedergeworfen, wie sollte der alte Mann ihr Stand halten. Zwei Tage lang beachtete er die Schmerzen im Rücken nicht, am dritten konnte er sich nicht mehr aufrichten. Maryscha ging in den Wald, sammelte eine ganze Menge Moos und machte ihm von demselben auf eine fertig gefügte Wand zu ihrem künftigen Wohnhause, welche auf der Erde lag, ein weiches Lager zurecht, ließ ihn sich darauf legen und kochte ihm eine Arznei von Kräutern mit Whisky.

»Marysch!« stöhnte der Mann. »Der Wald hier bringt mir den Tod, Du wirst allein in der Fremde bleiben, arme Waise. Gott straft mich für die schwere Sünde, die ich auf mich geladen, denn ich habe Dich der Heimat entrissen und hieher geführt. Das Sterben wird mir schwer.«

»Vater!« antwortete das Mädchen. »Gott hätte mich gestraft, wenn ich Euch hätte allein ziehen lassen.«

»Wenn ich Dich nur nicht allein zurücklassen müßte! Wenn ich Dich noch in den Ehestand segnen könnte, mir würde das Sterben leichter werden. Marysch nimm den schwarzhaarigen Orlik zum Manne; er ist ein guter Mensch, er wird Dich nicht verlassen.«

Der »schwarze Orlik« der beste Schütze und Jäger in Texas, sank, als er die Worte des Alten hörte, in die Knie und bat!

»Ja Vater! segnet uns. Ich liebe Marysch über alles, ich bin in den Wäldern zu Hause, sie wird bei mir nicht Not leiden dürfen.« Er sah sie dabei mit forschenden, ängstlichen Blicken an. Was sie jetzt sagen würde, mußte ihn entweder sehr glücklich, oder sehr unglücklich machen.

Marysch kauerte sich neben dem Vater nieder, faßte seine Hand und antwortete sanft aber fest:

»Bindet mich nicht, Vater. Ihr wißt, wem ich Treue gelobt, und ihm will ich sie auch halten.

»Nein, Du wirst sie ihm nicht halten, denn ich werde ihn töten, ich werde Dich zwingen!« rief Orlik, indem er aufsprang. »Du wirst mir gehören oder keinem. Alle die hier sind dem Verderben geweiht, auch Du bist es, wenn ich Dich nicht rette.«

Doch Marysch blieb fest.

Wie er gesagt, kam es. Das Verhängnis nahm seinen unabwendbaren Lauf. Krankheit und Not griffen immer mehr um sich, das Fieber warf immer neue Opfer auf das Krankenlager. Die Menschen fluchten und beteten zugleich, denn die Nahrungsmittel fingen an auszugehen, man mußte die Arbeitstiere schlachten, um sich vor dem Hungertode zu schützen. Wie lange aber konnte dies noch dauern, dann war man am Ende.

An einem Sonntage knieten alle, die noch gesund waren, Alte, Frauen und Kinder auf dem Plane nieder und fingen an zu singen: »Heiliger Gott! Heiliger, starker, unsterblicher Gott! erbarme dich unser!« Hundert Stimmen wiederholten die Worte, mächtig mit ergreifender Gewalt stieg der Gesang zum Himmel auf. Es schien, als wolle der Wald selbst dem Gebet der Bedrängten lauschen, denn er hatte aufgehört zu rauschen, alle Wipfel ruhten. Plötzlich, als der Gesang beendet war, fuhr ein Windstoß durch die Zweige. Es klang nach der vorangegangenen Stille wie eine Drohung aus dem Walde: »Hier bin ich König und Herr! Hier bin ich der Stärkere.«

Der »schwarze Orlik« aber, welcher die Stimmen des Waldes genau kannte, sah erstaunt auf, heftete einen langen, verwunderten Blick auf die Wipfel der Riesen, dann sagte er laut:

»So! da ist er endlich, nun laßt uns handeln!«

Die Versammelten sahen ihn erst ängstlich an, was er wohl meinen könnte. Diejenigen, welche ihn von Texas aus kannten, hatten ein großes Vertrauen zu ihm, denn er war als Jäger selbst in dem, an Jägern so reichen Texas berühmt. Man kannte dort die Sicherheit seiner Hand und wußte, daß er ganz allein es mit einem Bären aufnahm. In San Antonio, seinem früheren Wohnsitz, kannte man auch seine Gewohnheit, monatelang in der Wildnis umherzuirren, um dem Walde und den wilden Tieren ihre Geheimnisse abzulauschen. Er war immer gesund und heil wieder dahin zurückgekehrt. Man hatte ihm den Beinamen »der schwarze« gegeben, weil seine Haare schwarz, und seine Haut von der Sonne dunkel gebrannt war; er war in der Steppe verwildert und stark wie eine Eiche. Man hatte ihn zuvor im Verdacht, daß er an den Grenzen Mexikos das Räuberhandwerk betrieben, aber das war nicht der Fall. Er hatte nur Felle von daher mitgebracht, und zuweilen ein paar Indianerskalpe, bis der Ortspfarrer ihm für das letztere mit der Exkommunikation gedroht hatte. Seitdem war er nicht mehr nach den Grenzen von Mexiko gegangen.

Hier in Borowina war er der einzige, der sich keine Sorgen machte. Der Wald nährte und kleidete ihn. Als die Ansiedler zu flüchten begannen, da nahm er die Sache in die Hand, hielt die Zurückbleibenden in Ordnung und sprach ihnen Mut zu. Als er nun seine Aufmerksamkeit dem Walde zuwandte, da waren alle überzeugt, daß er etwas besonderes vorhabe.

Die Sonne war untergegangen. Der Wind kam vom Süden her und brachte Regenwolken mit. Orlik nahm seinen Karabiner und ging in den Wald.

Die Nacht war schon herniedergesunken, als die Ansiedler im Dickicht des Waldes etwas aufleuchten sahen, wie einen goldenen Punkt, der sich vergrößerte und mit rasender Schnelligkeit zur blutig roten Flamme wurde.

»Der Wald brennt! Der Wald brennt!« rief es im Lager. Gleichzeitig ertönte ein Krächzen, Flattern und Flügelschlagen, unzählige Vogelscharen erhoben sich hoch in die Lüfte. Das Vieh im Lager brüllte, die Hunde heulten, und die Menschen rannten verwirrt umher, denn sie wußten noch nicht, ob das Feuer die Richtung nach dem Lager nehmen würde, oder nicht. Aber nein! Der starke Südwind konnte die Flammen nur nach der entgegengesetzten Seite treiben. Unter dessen waren noch an drei anderen Stellen die Feuerkugeln aufgeblitzt. Es währte nicht lange, so hatte sich das Feuer der ganzen Waldlinie bemächtigt. Die Flammen schlugen hoch empor; die brennenden Bäume und Lianenranken, gewährten einen prachtvollen Anblick. Der Wind war immer stärker geworden, mit furchterregender Schnelligkeit trieb er die Flammen vor sich her, prasselnd erfaßten sie Baum um Baum, die Waldriesen schienen sich im Flammenmeere zu biegen, zu winden, als litten sie Schmerzen. Dazwischen tönte das Gebrüll und Gewinsel flüchtender, oder brennender Tiere, das Angstgekrächze der Vögel. Immer größer wogte das Feuer, immer höher schlugen die Flammen, von den in der Luft hin und hergeschaukelten Lianenranken, immer weiter, bis hoch in die höchsten Wipfelspitzen geschleudert.

Im Lager verbreitete sich Rauch und würziger Harzduft; auch sehr heiß wurde es. Obgleich für sie jede Gefahr ausgeschlossen war, wurden die Ansiedler doch ängstlich. Sie riefen einander zu, sich zu sammeln, um dichter bei einander zu sein. Ein Laufen und Rennen entstand. Da trat plötzlich von der Waldseite her, beschienen von dem grell leuchtenden Feuer der »schwarze Orlik« auf sie zu. Sein von Rauch geschwärztes Gesicht sah schreckenerregend aus. Als man ihn umringte, lehnte er sich müde auf seinen Karabiner und sagte:

»Nun werdet ihr Euch nicht mehr quälen. Ich habe den Wald angezündet, morgen werdet Ihr dort drüben Land haben, so viel ihr wollt!« Dann trat er auf Maryscha zu und sprach weiter:

»Du mußt mein werden, Mädchen, so wahr ich derjenige bin, der den Wald in Brand gesetzt hat. Ich war stärker als die Wildnis, ich habe sie ausgerottet, wer wollte mich bezwingen?«

Maryscha war sehr erschrocken; sie zitterte am ganzen Leibe, denn in den Augen Orliks brannte ein Feuer, verheerend fast, wie jenes drüben.

Zum ersten Male im Leben dankte sie Gott, daß Jaschu weit fort von hier, in Lipiniez weilte.

Unterdessen war der Waldbrand immer weiter vom Lager gewichen, je weiter die Nacht vorschritt. Der Morgen erwachte regnerisch. Sobald es Tag geworden gingen viele der Ansiedler nach dem Walde, um die Brandstätten in der Nähe zu sehen; die Hitze, welche von dort ausströmte war aber so groß, daß eine Annäherung unmöglich war.

Am nächstfolgenden Tage hing ein so dichter Nebel in der Luft, daß bis auf ein paar Schritte nichts mehr zu erkennen war. Die Nacht darauf fing es an zu regnen. Der Regen verwandelte sich bald in einen wolkenbruchartigen Guß, jedenfalls eine Folge der, durch den Brand verdichteten Atmosphäre, welche sich in Gestalt von Wolken über der Brandstätte angesammelt hatte. Es war aber außerdem die Zeit der Frühlingsregen, welche am Mississipi entlang, namentlich in der Gabel, wo dieser mit dem Arkansas und dem roten Flusse zusammenfließt, besonders heftig auftreten. Die Ausdünstungen der vielen kleinen Ströme und Seen in Arkansas und der Sümpfe, welche einen großen Teil der Niederung ausmachen, sind wohl die Ursache dieser großen Wolkenansammlungen.

Der ganze Plan, auf welchem das Lager der Ansiedler stand, war aufgeweicht und glich bald einem kleinen Teich. Das Fieber trat bei den, bis auf die Haut durchnäßten Menschen immer heftiger auf, die Erkrankungen mehrten sich. Noch ein paar Familien wollten versuchen, nach Clarcsville zu gelangen, sie kehrten aber bald zurück und brachten die Nachricht mit, daß der Fluß ausgetreten und ein Passieren desselben unmöglich sei. Die Lage der Ansiedler wurde immer bedrohlicher, da unter diesen Umständen die ausgehenden Lebensmittel nicht durch andere aus Clarcsville ergänzt werden konnten. Nur Lorenz und Maryscha befanden sich in einer besseren Lage als alle die anderen, denn die fürsorgliche Hand Orliks bewahrte sie vor vielen Unannehmlichkeiten. Er brachte ihnen täglich morgens frisches Wild, welches er entweder geschossen oder in Schlingen gefangen hatte, und auf der Balkenwand, auf welcher der kranke Vater lag, befestigte er sein Zelt, um ihn vor dem Regen zu schützen. Sie mußten sich diese aufdringliche Fürsorge gefallen lassen, denn er ließ sich eben nicht abweisen. Für Maryscha war sie doppelt peinlich, weil sie ihr die Dankespflicht auferlegte, da er keine Bezahlung dafür annahm sondern nur um Maryscha selbst bat.

»Bin ich denn das einzige Weib in der Welt?« bat sie ihn oft auf sein Drängen. »Geh', suche Dir doch eine andere, bessere als mich, denn ich liebe doch einen anderen.«

Orlik aber antwortete immer nur:

»Ich würde keine zweite solche finden, wie Du bist, und wenn ich bis an's Ende der Welt gehen wollte. Für mich bist Du die einzige, Du mußt die Meine werden. Was willst Du anfangen, wenn der Vater stirbt. Du wirst dann von selbst zu mir kommen und ich werde Dich mit mir nehmen wie der Wolf das Lamm, in die Wälder sollst Du mit mir, aber ich will Dich nicht auffressen, sondern Dich aus Händen tragen. Du, meine einzige. Wer will es mir verwehren, wen habe ich zu fürchten? So rufe doch Deinen Jaschu herbei, ich will mit ihm um Dich kämpfen.«

In Bezug auf Lorenz hatte Orlik recht. Der war ein Sterbender. Von Zeit zu Zeit phantasierte er im Fieber. Er sprach von seinen Sünden, von Lipiniez, klagte, daß Gott ihm nicht mehr erlauben wolle, die Heimaterde wieder zu sehen. Maryscha vergoß heiße Tränen über das Leiden des Vaters und über ihr Geschick.

Orlik hatte ihr versprochen, mit ihr nach Lipiniez zu gehen, wenn sie ihn erhören und zum Manne nehmen wolle. Das war aber kein Trost für sie, denn dort hin zurückkehren als das Weib eines Anderen, nein! Lieber hier in der Wildnis sterben. Sie hoffte bestimmt, daß Gott sie zu sich nehmen werde.

Der Regen goß in immer heftigeren Strömen. In einer Nacht – dumpfe Schwüle lagerte über dem Erdreich – erhob sich plötzlich, während Orlik im Walde war, ein markerschütterndes Geschrei: »Wasser, Wasser!« hörte man rufen und als die Menschen erschreckt den Schlaf aus den Augen rieben, da sahen sie ringsum nichts, als eine glänzende Wasserfläche, welche vom Winde getrieben plätschernd und gurgelnd hin und her wogte. Lautes Getöse und gewaltiges Rauschen in der Ferne kündete an, daß das Wasser im Steigen begriffen sei. Ein einziger Schrei des Entsetzens erscholl durch das ganze Lager. Frauen und Kinder retteten sich auf die Wagen, die Männer liefen nach dem Walde zu, wo die Bäume schon vorher gefällt worden waren, der Plan hatte nach dorthin eine kleine Steigung. Das Wasser reichte ihnen bis an die Kniee, stieg aber mit großer Schnelligkeit. Rufe mischten sich mit dem Brausen des Wassers und des Windes. Man rief einander zu, um sich der Nähe von Menschen zu versichern. Die größeren Haustiere schwankten bereits unter dem Anprall der Wogen, die Strömung wuchs also. Die Schafe wurden unter jämmerlichem Blöcken vom Wasser fortgetragen, das Brausen verwandelte sich in ein wildes Tosen. Die Wagen standen nicht mehr fest, sie wurden in die Höhe gehoben und gerieten in bedenkliches Schwanken. Das war keine gewöhnliche Überschwemmung mehr, der Arkansas mit allen seinen Zuflüssen musste ausgetreten sein.

Einer der Wagen fiel um. Auf das Hilfegeschrei der Insassen stürzten einige Männer herzu, sie wurden aber vom Strome erfaßt und fortgetrieben. Die Insassen der anderen Wagen kletterten auf die Planen, der Regen goß noch immer in Strömen, Balken schwammen umher und stießen an die Wagen; es war die reine Sintflut, die Angst- und Hilferufe mehrten sich anfangs, verstummten allmählich aber immer mehr. Dazu die tiefe Finsternis der Nacht.

Und Lorenz und Maryscha? Was war aus ihnen geworden? Der Umstand, daß sie sich auf der Balkenwand befanden, wurde ihre Rettung. Gleich einem Floß wurde sie vom Wasser gehoben und schwamm nun, vom Wirbel erfaßt, im Kreise herum, dem Walde zu, wo sie, von einem Baum zum anderen gestoßen, in das Bett des Stromes geriet. Maryscha kniete neben dem Lager des Vaters und betete mit gefalteten Händen um Rettung. Das Zeltdach zerriß vom Sturm, das Floß konnte jeden Augenblick zerschellen, denn deutlich fühlten sie die Stöße der um sie herumschwimmenden fortgerissenen Hölzer aus dem Walde, welche es nicht nur zerschellen, sondern auch umstürzen konnten.

Da blieb es in den Zweigen irgend eines Baumes hängen, dessen Wipfel aus dem Wasser herausragten. In demselben Augenblicke ertönte auch aus den Zweigen eine Stimme:

»Hier, nimm den Karabiner und geht hinüber auf die äußerste Kante des Floßes, damit es nicht umschlägt, wenn ich springe.«

Kaum hatten die beiden seinem Verlangen Folge geleistet, da sprang Orlik aus dem Geäste herunter.

»Siehst Du Mädchen«, sagte er, »das Schicksal führt uns doch zusammen. So wahr Gott lebt, ich verlasse Dich nicht und will Dich mit Einsetzung meines Lebens erretten.«

Er nahm das Beil, welches er immer bei sich hatte und schlug damit einen geraden, langen Ast los, entfernte im Augenblick alle kleinen von ihm, befreite dann das Floß durch einen kräftigen Stoß aus der Baumkrone und begann zu rudern.

Nachdem sie in die Mitte der Strömung gelangt waren, schwammen sie mit Blitzesschnelle stromabwärts. Wohin? Das wußten sie nicht, aber die Fahrt ging gut von statten, denn Orlik achtete auf jeden ihnen nahe kommenden Baumstamm, auf jedes Hindernis und stieß mit seinem Ruder alle ab, das Floß so vor einem Zusammenstoß bewahrend. Sein scharfes, an die Finsternis gewöhntes Auge erkannte rechtzeitig jede Gefahr, seine Kräfte schienen ins Riesenhafte zu wachsen. Stunde um Stunde verrann. Jeder andere wäre längst vor Ermüdung umgesunken, er hielt noch immer stand. Gegen Morgen waren sie aus den Wäldern heraus, denn sie sahen nichts vor und rings um sich, als eine unendliche Wasserfläche, deren Einförmigkeit nur von gelben, gurgelnden Wirbeln unterbrochen war. Der Tag brach schnell an und als Orlik bemerkte, daß jetzt das Wasser frei war von Hindernissen, hörte er einen Augenblick mit Rudern auf.

»Jetzt bist Du mein!« sagte er zu Maryscha gewendet, »denn ich habe Dich den Fluten entrissen.«

Er hatte die Mütze abgenommen. Sein, von der angestrengten Arbeit gerötetes und vom Schweiß feuchtes Gesicht, war in diesem Augenblick schön, seine Züge in jeder Linie ausdrucksvoll, redeten von der physischen, wie von der Kraft der Seele, die diesem Sohne der Wildnis zu eigen war. Maryscha wagte zum ersten Male nicht, ihm zu widersprechen.

»Marysch«, sagte der Bursche weich, »Marysch, Herzliebe!«

»Wohin fahren wir?« frug sie ausweichend.

»Was frage ich darnach, wenn Du nur bei mir bist, Geliebte!«

»Rudere, damit wir dem Tode entrinnen«, sagte sie.

Er nahm sogleich seinen Stab wieder zur Hand und folgte ihrem Wunsch. Der Zustand des alten Lorenz hatte sich verschlimmert. Das Fieber verließ ihn nur noch auf Augenblicke, er schwand zusehends dahin. Gegen Mittag war er vollständig bei Besinnung. Er rief Maryschas Namen.

»Ich werde den morgigen Tag nicht erleben«, sagte er. »O hätte ich doch Lipiniez nicht verlassen. Aber Gott ist barmherzig, ich habe viel gelitten! Begrabt mich, dann soll Orlik Dich nach New-York zu dem guten Herrn bringen; er wird Dir beistehen, Dir Reisegeld geben, damit Du nach Lipiniez zurückfahren kannst. Ich kann nicht mehr hin, aber Gott wird meiner Seele Flügel geben, sie wird Dich dort suchen.«

Er fing wieder an zu phantasieren, dann betete er: »Unter Deinen Schutz und Schirm fliehe ich ...« und schrie plötzlich auf: »Werft mich nicht ins Wasser, ich bin kein Hund!« und gleich darauf bat er: »Verzeihe mir, Kind, ich wollte Dich ja nur aus Not ertränken, verzeihe mir!«

»Schluchzend mit gefalteten Händen saß Maryscha neben ihm. Sie fühlte nicht Hunger, nicht die von strömendem Regen durchnäßten Kleider. Orlik ruderte weiter, die Tränen rollten ihm an den Wangen herab; er unterdrückte ein lautes Aufschluchzen mit Gewalt.

Gegen Abend hörte es auf zu regnen, das Wetter hellte sich auf. Einen Augenblick brach sogar die Sonne durch die Wolken, ihr Strahl fiel in grellen, gelben Streifen auf das Gesicht des sterbenden Lorenz. Gott hatte Erbarmen mit ihm, er gab ihm einen sanften Tod. Während der letzten halben Stunde phantasierte er noch viel von der fernen Heimat.

Zuerst klagte er, daß er sie verlassen, allmälich aber sah er sich auf der Heimreise. Der alte Herr in New-York hatte das Reisegeld gegeben. Sie fuhren jetzt auf dem Ozean, dann kamen sie in Hamburg an. Allerhand Städte flogen vor seinen Augen vorüber, er fühlt sich der Heimat immer näher, eine große Freude schwellt seine Brust, er atmet leichter. Heimatluft umweht ihn! »Was, schon die Grenze?« Das Herz pocht in heftigen Schlägen! »Da, wirklich schon der große Birnbaum, Mazieks Äcker?« Er steigt aus der Eisenbahn, jetzt geht er mit Maryscha den alten, wohlbekannten Weg. Die Abendglocken läuten zum Ave Maria – es ist Frühling, Maikäfer schwirren durch die Luft, sie weinen beide vor Freude, er wirft sich auf den Boden und küßt die Heimaterde und ruft: »Jesus, Jesus! womit habe ich das verdient!« Dort steht der Wegweiser. »Jetzt bin ich daheim, in Lipiniez!« ruft er mit leiser, verschwebender Stimme.

Ja, er war daheim, er hatte ausgelitten.

»Vater! Vater!« schreit Maryscha laut auf, aber ihre Stimme erreichte ihn nicht mehr, er ist eingegangen in die himmlische Heimat. Dann kam die Nacht! Das Ruder entfiel fast den Händen Orliks. Sie waren steif und müde geworden, Hunger quälte ihn, er fühlte seine Kräfte schwinden. Während er überlegte, was er tun könnte um sie aus dieser Wasserwüste an das Land zu bringen, kniete Maryscha an der Leiche ihres Vaters und betete unaufhörlich Sterbegebete; sie hatte für nichts Sinn, was um sie her geschah.

Das Floß mußte in das Strombett eines breiteren Flußes gekommen sein, denn es trieb wieder mit rasender Schnelligkeit dahin. Es war unmöglich, dasselbe länger zu steuern, denn der Wirbel drehte es zuweilen direkt im Kreise herum. Orlik ergab sich in das Unvermeidliche, er empfahl Maryscha und sich der Barmherzigkeit Gottes. Plötzlich sprang er mit beiden Füßen zugleich auf und schrie:

»Bei den Wunden des Gekreuzigten! dort ist ein Licht!«

Auch Maryscha blickte nun auf in jener Richtung, nach welcher sein Arm ausgestreckt war. Und wirklich! Dort vor ihnen, in der Ferne leuchtete ein Fünkchen, das einen matten Schimmer auf das Wasser warf.

»Das muß ein Kahn aus Clarcsvill sein« - sagte Orlik schnell. »Die Yankees haben ihn als Rettungsboot ausgesandt. Wenn sie uns nur nicht verfehlen möchten und wir uns ihnen bemerklich machen könnten. Marysch! vielleicht rette ich Dich noch. Hoop! Hoop!«

Gleichzeitig ruderte er mit dem Aufgebote seiner ganzen Kraft. Das Licht wurde größer, in seinem Schein erschien der Schatten eines großen Bootes noch ferne, aber sie kamen ihm näher. Nach einer Weile jedoch bemerkte Orlik, daß sie sich wieder von ihm entfernten. Sie waren mit den Floß in eine andere Strömung geraten, welche sie wieder von dem Kahn abtrieb. Orlik bemühte sich mit dem Baumast sein Fahrzeug in die frühere Richtung zu bringen, doch vergebens. Bei der heftigen Anstrengung zerbrach im der Ast in der Hand.

Nun waren sie ganz ohne Ruder, der Willkür des Wassers preisgegeben. Der Kahn kam seitwärts von ihnen zu liegen. Glücklicherweise befand sich die neue Strömung ziemlich parallel mit der anderen, sie behielten den Kahn in Sicht. Da wurde das Floß gegen einen noch feststehenden Baumstamm, jedenfalls aus der Steppe, getrieben, welcher bis an die Krone im Wasser stand. Dort blieb es hängen. Beide, Orlik und Maryscha fingen an, aus Leibeskräften zu rufen, doch das Brausen des Wassers übertönte ihre Rufe.

»Ich werde es mit Schießen versuchen«, sagte Orlik. »Vielleicht sehen sie dort drüben den Blitz und hören den Knall.«

Kaum daß er es gesagt, hielt er schon den Lauf des Karabiners in die Luft; statt des Knalles war jedoch nur das Knacken des Hahnes zu hören. Das Pulver war feucht geworden.

Orlik warf sich auf dem Floß nieder, so lang er war. Es gab keine Rettung mehr für sie. Eine Zeitlang blieb er wie tot liegen, endlich erhob er sich und sagte:

»Marysch! … Ein anderes Mädchen hätte ich mir mit Gewalt genommen und in den Wald getragen, Dir konnte ich das nicht antun, ich wagte es nicht, denn ich habe Dich mehr lieb als mein Leben. Wie ein Wolf bin ich in der Welt umhergezogen, ein Schrecken für die Menschen. Du hast mir Respekt eingeflößt, ich fürchtete mich, Dich zu berühren. Du mußt mir einen Zaubertrank gegeben haben. Ich will Dich nicht zwingen mein Weib zu werden, lieber will ich sterben. Ich will versuchen, Dich zu retten. Gelingt es, so bist Du frei, und wenn ich untergehe, dann denke voll Mitleid an mich, bete für mein Seelenheil! Habe ich Dir etwas zu leid getan, so verzeihe! Ich denke Dein! Ach Marysch Marysch! lebe wohl, meine Liebe, meine Sonne!«

Ehe das Mädchen noch erraten konnte, was er vorhatte, war der »schwarze Orlik« vom Floß in das brausende Wasser gesprungen. Sie schrie entsetzt auf. Einen Augenblick sah sie in der Dunkelheit seinen

Kopf und seine Arme über dem Wasser gegen den Strom arbeiten, – er war ein tüchtiger Schwimmer, – dann verlor sie ihn aus den Augen. Er wollte zum Kahn hinüber, ihn zu ihrer Rettung holen. Wenn es ihm gelang, diese Strömung zu durchqueren, in den Strom hineinzukommen, der ihn dem Kahn entgegentreiben mußte, so konnte das Werk gelingen. Trotz seiner fast übermenschlichen Anstrengung aber konnte er nur langsam vorwärts kommen. Dicke, gelbe Wassermassen warfen ihm ihren Schaum in die Augen, so daß er den Kopf hoch heben mußte, um die Richtung festhalten zu können, in welcher er schwimmen mußte. Er keuchte immer heftiger, wenn wieder eine Welle ihn zurückdrängte oder ihn hoch empor hob; er fühlte, daß die Beine ihm steif wurden. Nein, es war wohl unmöglich, länger den Kampf mit den Wogen fortzusetzen – da war es ihm, als höre er Maryschas geliebte Stimme rufen: »Rette mich!« – das gab ihm neue Kraft. Die Augen traten ihm fast zum Kopfe heraus vor Anstrengung. Wenn er jetzt umkehrte, war er in wenigen Minuten wieder auf dem Floß; daran dachte er aber gar nicht, denn das Licht des Kahnes kam näher und näher. Er war in dieselbe Strömung gekommen, in die das Floß geraten war. Noch eine kurze Anstrengung und sie waren beide gerettet. Da fühlte er, wie seine Knie und die Beine plötzlich ganz steif wurden. Er faßte alle Kräfte zusammen und schrie: »Hilfe! Rettung!« Das letzte Wort verhallte, denn eine Welle füllte seinen Mund mit Wasser. Er tauchte unter, kam aber wieder über Wasser. Dicht neben sich hört er das Plätschern der Ruder. Noch einmal ruft er nach Hilfe und es scheint, daß man ihn gehört, denn das Plätschern wird lebhafter. Da sinkt er wieder; ein Wirbel hat ihn erfaßt … einen Augenblick wirft der Strudel ihn in die Höhe, dann sieht man seine Arme sich emporrecken, zum letzten Mal – die Tiefe hat ihn verschlungen.

Inzwischen saß Maryscha allein neben der Leiche des Vaters auf dem Floß und starrte unverwandt auf das Licht des Kahnes. Sie weiß nicht, daß er in die gleiche Strömung mit dem Floß gekommen, sie denkt nicht an ihre Rettung, an nichts. Doch als beim Näherkommen des Kahnes der Lichtschein immer größer wird, erschrickt sie sehr und schreit furchtbar, denn ihr erscheint das Licht wie ein sich windender feueriger Wurm, der auf sie zukriecht, um sie zu verschlingen.

»Heh, Smith!« ruft da dicht bei ihr eine Stimme in englischer Sprache. »Ich lasse mich hängen, wenn ich nicht vorhin einen Hilferuf gehört und jetzt wieder höre; es ist jemand in Not.«

Einen Augenblick darauf fühlt sich Maryscha von starken Armen in den Kahn hinübergehoben. Es sind nicht die Arme Orliks, der »schwarze Orlik« war tot.

Zwei Monate später wurde Maryscha aus dem Hospital in Little-Rock entlassen. Sie hatte während dieser ganzen Zeit dort schwer krank gelegen. Nun war sie genesen, man hatte eine Sammlung für sie veranstaltet, die zwar nicht sehr reich ausgefallen war, dennoch ihr die Rückkehr nach New-York ermöglichte. Einen, den letzten Teil dieses Weges hätte sie dennoch zu Fuß zurücklegen müssen, wenn sie nicht bei den Eisenbahnbeamten Erhörung gefunden hätte. Sie hatte genug von der englischen Sprache erlernt, um sich jetzt verständlich machen zu können. Als die Beamten ihre Schicksale erfuhren, gewährten sie ihr freie Fahrt. Mitleidige Menschen, denen das bleiche, kranke Mädchen mit den schönen blauen Augen auffiel, nahmen sich ihrer an und versorgten sie mit Kleidern und Nahrung. Sie hatte immer gute Menschen gefunden, nie hatte ihr jemand etwas zu Leide getan, nur das Leben hatte sie hart mitgenommen. Sie wollte Amerika und seinem tollen Treiben den Rücken kehren. Was sollte sie auch hier? Ihr Platz war in Lipiniez, dem friedlichen polnischen Dorfe mit seiner Kirche und den bekannten Gesichtern.

In New-York angekommen, konnte sie es kaum erwarten, bis sie in die Water-Street kam. Als sie in dem Hause ihres Wohltäters angekommen war. zog sie mit freudiger Hast an der Klingel. Der Diener, welcher ihr öffnete, erkannte sie nicht sogleich.

»Ist Mister Slotopolski zu Hause?« frug sie ihn.

»Nein«, antwortete der Diener, »der Herr ist gestorben.«

Maryscha erschrak heftig.

»Und Mister William?« frug sie weiter.

»Der junge Herr steht eben im Begriff zu verreisen.«

»Und Miß Joanna?«

»Auch!«

»Bitte melden Sie mich bei der Miß«, bat Maryscha den Diener, welcher sie nun doch erkannt hatte.

Das Wiedersehen war ein sehr trauriges. Die jungen Herrschaften begrüßten Maryscha mit Erstaunen über ihr Aussehen. Es gab viel zu erzählen. William und Joanna hatten auch ganz vor kurzem den guten Vater durch den Tod verloren. Er hatte auf seinem Krankenlager ihnen nochmals das Versprechen abgenommen, nach Europa zu fahren, seine

Heimat aufzusuchen und eine Handvoll Erde auf seinen Sarg von dort mitzubringen. Nun waren sie im Begriff zu den Verwandten im anderen Erdteil aufzubrechen. Es war selbstverständlich, daß Maryscha mit ihnen ging; das Mädchen war ja auch ein teueres Vermächtnis ihres Vaters. Die Geschwister fühlten sich verpflichtet, für ihr Fortkommen bestens zu sorgen. Wäre sie wenige Stunden später gekommen, so hätte sie ihre Wohltäter nicht mehr angetroffen.

Die Herbstsonne schien warm auf die Fluren und Äcker des Dorfes Lipiniez. Der Tag hatte herrlich begonnen, Fluren und Wald lagen wie in Gold getaucht. Braune, frischgezogene Furchen zogen sich durch den Acker, der Altweibersommer spann seine silbernen Fäden über sie, über die Stoppeln, über Baum und Strauch. Es war Mittagszeit. Die Knechte hatten bereits ausgespannt und zogen mit ihren Gespannen dem Dorfe zu, um Rast zu halten. Nur einer hatte sich etwas verspätet; er hatte es nicht eilig mehr, in's Dorf zu kommen, seit vor fast einem Jahre Maryscha mit ihrem Vater nach Amerika gegangen war. Damals hatte er sogleich sein Dienstverhältnis zum Herrenhofe gelöst, um Maryscha nachzureisen. Aber sein kleines Anwesen ließ sich so schnell nicht verkaufen als er geglaubt, und als sich ein Käufer fand, da wurde ihm so wenig geboten, daß er es nicht hergeben mochte. Er wollte es nicht dem alten Toporek nachmachen und das Gewisse für das Ungewisse hergeben. Eine leise Ahnung sagte es ihm, daß Maryscha möglicherweise wiederkehren könnte, dann mußte sie hier eine Heimstätte finden. Ging es den Toporeks gut, so konnte er immer noch nachziehen. Da er seine Stelle bei Hofe aufgegeben, so mußte er sich nach einem anderen Dienste umsehen und fand ihn bei einem Bauer, dessen Äcker er soeben für die Winteraussaat bearbeitete.

Langsam spannte er die Pferde vom Pfluge, nahm die Peitsche auf, und wollte sich eben auf das Leitpferd schwingen, da ließ er den Blick noch einmal den Weg entlang schweifen, der vom Städtchen her führte. Eine Frauengestalt kam auf demselben daher, fremdartig gekleidet, und doch kam sie ihm bekannt vor. Noch war sie ein ziemliches Stück von ihm entfernt, da fing sie plötzlich an zu laufen, zu rennen, atemlos kam sie auf ihn losgestürzt und »Jaschu, mein Jaschu« rufend, blieb sie vor ihm stehen. Sie hatte plötzlich gestockt in ihrem Lauf, denn sie wußte ja nicht, ob ... »Jaschu, der liebe Gott hat mich wunderbar aus allen Gefahren wieder nach Hause geführt.«

»Maryscha!« jauchzte da der Bursche auf, während er seine Mütze hoch in die Luft warf »Maryscha!«

Dann fielen sie einander in die Arme.

»Ich habe Dir die Treue bewahrt«, sagte das Mädchen mit Tränen in den Augen.

»Und ich Dir!«

Sechs Wochen darauf feierten Jaschu und Maryscha Hochzeit. Die New-Yorker Freunde wohnten der Trauung bei. Sie gaben der Braut ein so ansehnliches Hochzeitsgeschenk, daß sie sich ihre Wirtschaft schön einrichten und noch etwas übrig behalten konnte. Es geht dem jungen Paare gut. In freien Stunden erzählt Maryscha ihrem Jaschu immer von neuem ihre Erlebnisse: er wird nicht müde sie zu hören. Der Geist ihres Vaters und der des »schwarzen Orlik« weilt oft bei ihnen.

Der Organist von Ponikla

Der Schnee war trocken, hart gefroren, lag nicht zu hoch und Klen hatte lange Beine; er ging daher hurtigen Schrittes auf dem Wege dahin, welcher von Sagrabia nach Ponikla führte. Er ging umso schneller, als der Frost zur Nacht an Stärke zunahm und er leicht gekleidet war. Ein kurzes Röckchen, über diesem ein noch kürzeres Pelzjäckchen, dessen Felle schon stark abgenutzt waren, ein Paar schwarze Cort-Beinkleiderchen und ein Paar sehr dünne geflickte Stiefelchen, das war seine ganze Garderobe. Außerdem trug er in der Hand eine Oboe, auf dem Haupte einen mit Wind gefütterten Hut, sein Herz war erfüllt von einer großen Freude, im Magen hatte er einige Gläschen Arak und seine Seele suchte sich über die Ursachen der freudigen Gemütsbewegung klar zu werden. Denn, daß wir es nur erfahren – heute Morgen hatte er zusammen mit dem Herrn Kanonikus Krajewski seinen Kontrakt als künftiger Organist von Ponikla unterzeichnet. Er, der bis jetzt wie ein Zigeunerbube von Ort zu Ort, von Wirtshaus zu Wirtshaus, von Hochzeit zu Hochzeit und von Jahrmarkt zu Jahrmarkt gezogen war, er, der kein Kirchweihfest und keinen Ablaß versäumte, der keine Gelegenheit vorübergehen ließ, ohne den Versuch, mit seiner Oboe, oder durch sein Orgelspiel etwas zu verdienen, er war fest angestellter Organist geworden. Beinahe konnte er den Gedanken nicht fassen, daß er von nun an seßhaft werden sollte. Er durfte ein ruhiges geordnetes Leben beginnen, unter eigenem Dache wohnen, sein eigenes Gärtchen bebauen und – o Seligkeit, nach Herzenslust auf der Orgel, seinem Lieblingsinstrument, spielen. Ein Häuschen, ein Garten, hundertfünfzig Rubel Jahresgehalt, verschiedene Nebeneinnahmen, eine angesehene Stellung, denn er wurde fast schon zur Hälfte eine geistliche Person, ferner eine Tätigkeit, die ausschließlich der Ehre Gottes gewidmet war, – was hätte es für ihn noch Begehrenswerteres geben können? Er spielte die Orgel besser als alle Organisten in der Umgegend, das wußten alle, die ihn kannten. Trotzdem hatte bis vor ganz kurzem jeder erste beste Bauer in Sagrabia oder Ponikla, der ein paar Morgen Acker besaß, ihn anmaßend über die Achseln angesehen, oft gar noch verhöhnt. Jetzt werden sie ihn freundlich grüßen, denn er war Organist geworden und noch dazu in einer so großen Parochie – in Ponikla – das war keine Kleinigkeit.

Lange schon hatte Herr Klen ein Gelüst auf diese Stelle gehabt, so lange aber der alte Mielnitzki lebte, war gar nicht daran zu denken, daß dieser Wunsch in Erfüllung gehen, könnte. Der Alte konnte die steifen Finger kaum noch bewegen, er spielte erbärmlich, aber der Herr Kanonikus hätte ihn um alles in der Welt nicht vom Amte gebracht, denn sie hatten über zwanzig Jahre miteinander Gottesdienst gehalten.

Nun hatte die »Blässe« des Herrn Kanonikus den armen Alten mit dem Horn so schlimm in die Magengegend gestoßen, daß er drei Tage darauf gestorben war. Klen zögerte jetzt nicht länger; er bat den Herrn Kanonikus um die Stelle und dieser besann sich keinen Augenblick, sie ihm zu geben. Wußte er doch recht gut, daß er einen besseren Nachfolger für seinen guten Mielnizki nicht finden konnte, selbst der Organist in der nächsten Stadt konnte sich mit Klen nicht messen.

Wo mochte nur Klen seine Geschicklichkeit in der Behandlung der Oboe herhaben? Wie mochte er ein so tüchtiger Orgelspieler und ausübender Musiker auf so manchem anderen Instrumente geworden sein? Vom Vater hatte er sein Talent sicher nicht geerbt. Dieser stammte aus Sagrabia, hatte in jüngeren Jahren beim Militär gedient, aber nicht als Hautboist, im Alter hatte er Schnüre aus Hanf gedreht und dazu aus der Tabakspfeife geblasen, das einzige Instrument, das er unablässig im Munde hielt.

Der Junge hatte von Kindesbeinen an immer dort gesteckt, wo er musizieren hörte. Als Schulbube hat er sich bei Mielnizki in Ponikla als Balgtreter nützlich gemacht und der alte Organist, welcher seine Liebe zur Musik kannte und den gefälligen Burschen gerne um sich litt, hatte ihm die Orgel spielen gelehrt. Nach drei Jahren spielte Klen das Instrument besser als sein Lehrmeister.

Später, als in Sagrabia einmal wandernde Musikanten einige Tage Rast hielten, war der junge Musiker eines schönen Tages mit diesen spurlos verschwunden.

Lange Jahre war er mit ihnen, Gott weiß wo, überall umhergezogen; er spielte wie und wo es sich traf, auf Jahrmärkten, Hochzeiten, auf Ablässen in Kirchen.

Als dann die Wandergenossen teils gestorben, teils in alle Winde verstreut waren, kehrte er nach Sagrabia zurück – arm, abgemagert, wie eine Kirchenmaus, und wie der Vogel in der Luft suchte er sich weiter zu ernähren, indem er mit seinem Spiel abwechselnd bald Gott, bald den Menschen diente. Er wurde berühmt, obgleich die Menschen nach ihrer Art ihm seine Armut oft zum Vorwurf machten. Man sprach von ihm in Sagrabia, in Ponikla, in der ganzen Umgegend, und wenn einer ihn ob seines verlotterten Aussehens tadelte, fand sich immer doch ein anderer, ihn in Schutz zu nehmen und zu sagen: »Sei es, wie es sei! Wenn Klen zu spielen anfängt, dann muß ein Gott ihn beneiden um seine Kunst, denn er rührt die Menschen zu Tränen mit seinem Spiel!« Oftmals wurde er gefragt: »Sagen Sie nur, lieber Klen, Sie sind wohl von einem Geiste besessen, der Ihnen alle die schönen Melodieen eingibt?« Und wirklich! So schien es zu sein. Ein ganz besonderer Geist mußte von diesem langbeinigen Dürrländer Besitz ergriffen haben. Noch zu Lebzeiten des alten Mielnizki vertrat er diesen zuweilen an hohen Festtagen und bei Ablässen. Dann vergaß er sich und alles um sich her über dem Spiel. Das geschah jedes Mal so recht mitten im Gottesdienst, wenn die Herzen der Beter vollständig in Andacht versunken waren, wenn Weihrauchwolken das Gotteshaus durchzogen bis hoch hinaus unter das Gewölbe, wenn alle einstimmten in den Gesang, den der Organist intonierte. In solchen Momenten war Klen nicht mehr er selber. Die andächtige Stimmung, das Geläute der Glocken und Glöckchen, der Duft der Myrrhe, des Bernsteins und anderer wohlriechender Kräuter, das Blinken der Lichter und der Glanz der von der goldenen Monstranz ausging, erhoben ihn hoch hinaus über die Sphäre alles Irdischen.

Ihm war zu Mute, als würde er, das Gotteshaus mit allen Andächtigen auf Flügeln zum Himmel emporgetragen. Der Herr Kanonikus schloß beim Emporheben der Monstranz die Augen, auch Klen schloß sie; er befand sich da oben auf dem Orgelchor in solchen Augenblicken in einem Zustand seelischer Verzückung, er vergaß dann, daß er es war, welcher spielte, er hörte nur die Töne den zinkenen Orgelpfeifen entströmen, sich wellenförmig fortpflanzen, im Räume der Kirche dahinströmen, wie einen Fluß, der bald leise murmelt gleich dem hervorsprudelnden Quell, sich erhebt zu lautem Rauschen und endlich brausend dahinstürzt im schäumenden Wogen des Wasserfalls, mit diesem Brausen jeden Winkel des Gotteshauses ausfüllend, sich vereinend zu einem die Sinne berückenden Ganzen, Heiligen, mit den von der Sonne golden durchleuchteten Weihrauchwolken und den menschlichen Stimmen, welche donnerähnlich bald, bald in lieblichen Tönen mit lebhaften, heiß aus dem Herzen quellenden Worten den Hymnus mitsangen. Wie das Schluchzen der Nachtigall in sommerlichen Nächten stieg der Gesang empor zu Himmelshöhen mit den Tönen der Orgel verschmelzend und zuletzt leise verklingend.

Nach der Messe stieg dann Klen die enge Stiege vom Orgelchor herunter, die Sinne noch ganz benommen, mit Augen, die ganz verträumt in die Welt blickten. Er vermochte seinen Zustand sich selbst nicht anders zu erklären, als daß er glaubte, müde zu sein. Der Herr Kanonikus drückte ihm für gewöhnlich in der Sakristei ein Geldstück in die Hand, flüsterte ihm ein Lob in das Ohr, dann ging Klen vor die Kirche und mischte sich unter die Kirchgänger, welche in gedrängter Menge aus dem Gotteshause kamen. Man hatte ihn dort schon immer achtungsvoll gegrüßt, obgleich er noch zur Miete wohnte. Von jetzt ab würde aber seine Stellung ihm noch mehr Ansehen verschaffen.

Aber Herr Klen ging nicht deswegen unter die Kirchgänger. Etwas ganz anderes zog ihn dorthin, etwas, das ihm das Liebste in Sagrabia, in Ponikla, ja in der ganzen Welt war und dieses Etwas war Olka, die Tochter des Ziegelstreichers aus Sagrabia. Die hatte sich ihm in's Herz gestohlen und sich darin festgesetzt, daß er ihr Bild selbst mit einer Zange nicht hätte wieder herausreißen können. Ihre Rehaugen, das freundliche rosige Gesichtchen mit den kirschroten Lippen standen ihm unaufhörlich vor Augen. Es gab zwar Augenblicke, wo er selbst sich sagte: »Du bekommst sie nicht, der Vater gibt sie dir nicht; es wäre besser, du schlägst sie dir aus dem Sinn.« Das waren Augenblicke, wo er aus der Welt seiner Träume herabstieg in die reale Welt; was sehr selten geschah und immer gleich darauf befiel ihn ein furchtbares Angstgefühl, die Furcht, daß er nicht imstande sein würde, jemals zu entsagen. Sie war ihm eben zu sehr an's Herz gewachsen, wie gesagt – nicht mit der Zange loszureißen. Tief bekümmert ließ er dann seinen Kopf hängen und versank auf ganze Tage in schmerzliches Grübeln.

Er lebte nur in ihr, um ihretwillen hatte er sein Wanderleben aufgegeben, und wenn er die Orgel spielte, so spielte er nur für sie, denn sie hörte ihm ja zu.

Sie aber hatte sich zuerst wirklich in sein Spiel verliebt, seine große musikalische Begabung flößte ihr Respekt ein. Später gewann sie ihn lieb um seiner selbst willen, der arme Musikant wurde ihr bald der Liebste von allen, trotz seines merkwürdigen dunkelbraunen Gesichtes, seiner verträumten Augen, trotz seines schäbigen Röckleins, des kurzen Pelzchens und trotz seiner so überlangen dünnen Storchbeine. Anders dachte ihr Vater, der Ziegelstreicher, obgleich auch er oft genug leere

Taschen hatte. Er wollte seine Tochter dem armen Musikanten nicht geben.

Das Mädel erregt die Aufmerksamkeit Aller, die Burschen verdrehen sich die Köpfe nach ihr, wozu soll sie sich an einen solchen binden, wie dieser Klen. Kaum, daß er ihn in das Haus ließ, zuweilen schlug er ihm sozusagen die Türe vor der Nase zu.

Als aber der alte Mielnitzki gestorben war, änderte sich die Sache plötzlich. Klen war heute, nachdem er beim Kanonikus den Kontrakt unterschrieben hatte, stehenden Fußes zu dem Ziegelstreicher gegangen, hatte ihm den Sachverhalt erzählt und um die Hand Olkas gebeten.

»Ich will nicht sagen, daß sogleich etwas daraus werden soll«, hatte dieser geantwortet, »aber mit einem angestellten Organisten läßt sich eher darüber sprechen, als mit einem Landstreicher.«

Er lud ihn in's Haus, bewirtete ihn mit einem Gläschen Arak und behandelte ihn als Gast. Wie dann Olka dazugekommen war, freute er sich mit den jungen Leuten darüber, daß Klen ein Herr geworden war, daß er ein Häuschen und einen Garten haben und nach dem Herrn Kanonikus die vornehmste Person sein werde.

Der junge Organist hatte zu seiner eigenen und zu Olkas Freude von Mittag bis zum Abend dort bleiben dürfen. Eben jetzt war er auf dem Wege von Sagrabia nach Ponikla, seiner neuen Heimat. Der Abend war angebrochen, die Abendröte schmückte noch in breiten Streifen das westliche Himmelsgewölbe und warf einen rosigen Schimmer auf den Schnee, der unter den Füßen des Wandernden laut knirschte.

Es fror stark, aber er achtete es nicht, sondern schritt rüstig weiter, während er die Erlebnisse des heutigen Tages noch einmal in Gedanken an sich vorüberziehen ließ.

Einen Tag, so glücklich wie der heutige, hatte er noch nie erlebt. Bei dem Gedanken an Olka wurde ihm warm; er spürte die zunehmende Kälte kaum.

Wie eine helle, lichte Flamme beleuchtete das freudige Gefühl, welches ihn erfüllte, nicht nur seinen inneren Menschen, sondern warf sogar einen Widerschein auf seine äußere Umgebung, denn es ließ ihm den öden baumlosen Weg freundlicher erscheinen.

Noch einmal durchlebte er den vergangenen Tag. Jedes Wort, welches er mit dem Herrn Kanonikus gesprochen, hatte sich fest seinem Gedächtnis eingeprägt, die Unterzeichnung des Kontraktes, die Antwort des

Ziegelstreichers, das was Olka zu ihm gesagt, – alles trat wieder lebhaft in seine Erinnerung, alles kam ihm deutlich zum Bewußtsein.

Als er einmal einen Augenblick mit ihr allein geblieben war, hatte Olka so zu ihm gesagt:

»Mir ist alles recht! Ich würde Ihnen ohne jedes Bedenken überall hin folgen, sei es auch über das Meer, aber Vaters wegen ist es schon besser so.«

Da hatte er ihr ehrfurchtsvoll die Hand geküßt. Er war ganz verlegen dabei geworden und in überströmendem Dankesgefühl flüsterte er ihr zu:

»Gott lohne es Ihnen, Olka, in alle Ewigkeit. Amen!«

Jetzt, in der Erinnerung, schämte er sich ein wenig, daß er nur ihre Hand geküßt und ihr so wenig gesagt hatte, denn er hatte das bestimmte Gefühl, daß es ihr ernst war mit dem, was sie gesagt, daß sie ihm wirklich folgen würde, bis über das Meer, an's Ende der Welt. Ach, sie war doch ein liebes, prächtiges Mädchen! Wie schön wäre es, wenn sie jetzt mit ihm auf dem öden, schneebedeckten Wege wandern würde.

»O Du mein goldenes Herz! Du meine Herrin!« murmelte Klen.

Und noch rüstiger schritt er vorwärts, daß der Schnee noch lauter unter seinen Tritten knirschte. Bald jedoch verfiel er in neues Grübeln.

»Ein solches Mädchen kann nicht täuschen«, dachte er.

Ein heißes Dankgefühl durchströmte sein Herz. Wenn Olka jetzt bei ihm wäre, würde er sich nicht länger beherrschen können; er würde die Oboe zur Erde werfen, sein Mädchen umarmen und festhalten, aus daß er sie nimmer zu lassen brauche. So und nicht anders hätte er es schon vor einer Stunde machen sollen – aber – ist es nicht immer so bei wichtigen Anlässen? Wo es gilt zu handeln, oder vom Herzen herunter zu reden, da – ja, da hat der Verstand ein Ende und die Zunge wird plötzlich steif. Es ist doch wahrlich leichter die Orgel zu spielen, als um ein Mädchen zu freien!

Während solche Gedanken Herrn Klen beschäftigten, hatten die purpurroten Streifen, welche bisher den Abend erhellt, sich allmählich in goldene Bänder, zuletzt in violette Schatten verwandelt. Die Dämmerung war eingetreten, Sterne blinkten erst vereinzelt, dann zahlreicher am Firmament auf und schauten mit kühler, trockener Strenge auf die Erde hernieder, wie das im Winter stets der Fall ist.

Die Kälte nahm zu. Den künftigen Organisten von Ponikla zwickte der Frost empfindlich in die Ohren. Er kannte den Weg genau; daher beschloß er denselben abzukürzen und quer über die Wiesen zu gehen, um eher nach seinem Hause zu gelangen.

Kaum gedacht, führte er sogleich den Entschluß aus. Gleich darauf konnte man seine lange dunkle Gestalt auf der weißen Fläche dahinschweben sehen. Lang und länger, fast lächerlich lang erschien seine Gestalt.

Nun fiel ihm ein, daß er, um die Zeit schneller zu vertreiben, etwas auf der Oboe spielen könne, auch um die Finger, die steif zu werden anfingen, durch die Bewegung wieder gelenkig zu machen. Seltsam und etwas zaghaft, als fürchteten sie sich vor der öden, weißen Fläche, zogen die Klänge über die schneeige Ebene; sie hörten sich um so seltsamer an, da es lauter fröhliche Melodieen waren, welche Klen blies.

Es waren dieselben Lieder, die er, angeregt vom Genuß des Arak, in der Wohnung des Ziegelstreichers gespielt hatte.

Olka hatte, fortgerissen von dem Glücksgefühl, das sich ihrer bemächtigt, zu seinem Spiel gesungen. Ihr feines liebliches Stimmchen tönte ihm wieder jetzt in den Ohren, Klen spielte der Reihenfolge nach alle die kleinen Lieder, die sie gesungen. Zuerst also:

Am frühen Morgen sende
Herr, meines Herzens Liebe.
Was ungleich ist, das wende.
Auf daß es gleich doch bliebe.

Dem Ziegelstreicher hatte das Liedchen nicht gefallen; es kam ihm zu bäuerisch vor. Er wollte etwas Feines hören, ein höfisches Lied. Da wählten sie ein anderes, welches Olka auf dem Gutshofe gelernt hatte. Es lautete:

Herr Ludwig ist zur Jagd hinaus
Helenchen schön, die blieb zurück.
Herr Ludwig kehrte heim nach Haus,
Es schmetterten Trompeten, doch
Helenchen schlief zum Glück.

Das gefiel dem Ziegelstreicher besser. Am meisten aber lachten sie alle drei über das Lied vom »Grünen Krug«. In diesem Liede weint ein Mädchen zu Anfang und klagt betrübt, daß ihr Krug zerschlagen worden, zuletzt aber lacht sie.

»Du hast zerbrochen den grünen Krug, Herr!« klagt sie.

Der Herr aber beeilt sich, sie zu trösten:

Stille Jungfer weine nicht.
Den Krug bezahl' ich Dir –

Olka hatte die Worte so lang als möglich gedehnt und gesungen –
»den grü–ü–ünen Krug« und hinterher herzlich gelacht. Klen aber hatte
die Oboe abgesetzt und ihr sehr pathetisch geantwortet:

Stille Jungfer, weine nicht.

Noch jetzt in der Nacht lächelte er, so gut das beim Blasen ging über
die Lust und Freude des vergangenen Tages und vergnügt spielte er
wieder und wieder – »den grünen Krug!«

Die zunehmende Kälte aber machte, daß seine Lippen an das Mund-
stück der Oboe anzufrieren drohten und die Finger statt gelenkiger zu
werden, immer steifer wurden, so mußte er endlich aufhören zu spielen.
Etwas außer Atem und das Gesicht in Dampf gehüllt, welchen sein aus-
strömender Atem verursachte, schritt er vorwärts.

Nach einer Weile überfiel ihn Müdigkeit. Klen hatte nicht bedacht,
daß auf den Wiesen der Schnee tiefer liegt, als auf dem Wege. Nun
wurde es ihm immer schwerer, seine langen Beine aus den Vertiefungen
die seine Tritte machten herauszuziehen. Zudem zogen sich durch die
Wiesen Furchen und seichte Gräben, welche der Schnee jetzt verdeckte
und in welche er oft bis über die Kniee versank. Klen bedauerte, daß er
den ausgetretenen Weg verlassen hatte. Dort wäre ihm doch möglicherweise eine Fahrgelegenheit nach Ponikla begegnet.

Die Sterne blinkten immer heller, der Frost nahm noch zu und Herr
Klen schwitzte gewaltig. Ein scharfer Wind strich stoßweise über die
Wiesen dem Flusse zu und machte ihn erschauern. Noch einmal versuchte
er zu spielen, aber das Gehen mit geschlossenem Munde strengte ihn
an.

Zuletzt überkam ihn ein Gefühl der Einsamkeit. Es war so totenstill,
so öde ringsum, ihm war seltsam zu Mute. In Ponikla wartete seiner ein
warmes Häuschen. Dennoch wanderten seine Gedanken zurück nach
Sagrabia: »Olka wird jetzt schlafen gehen, sagte er vor sich hin – Gott
sei Dank, sie hat ein warmes Stübchen!« Dieser Gedanke – Olka müsse
es wohl und behaglich sein in der hellen warmen Stube, erfreute sein
edles Herz desto mehr, je mehr er unter der Kälte im Dunkel litt.

Endlich lagen die Wiesen hinter ihm, er betrat den Weideacker des
Dorfes, auf welchem hier und da ein Wachholderstrauch stand. Herr
Klen war so ermüdet, daß er große Lust verspürte, im Schutze des
nächsten dieser Sträucher auszuruhen. Aber er wehrte der Versuchung,
denn er dachte: »Tu ich's, so erfrier' ich!«

Unglücklicherweise lagen um die Sträucher, wie vor Zäunen Schnee-wehen. Nachdem Klen durch mehrere derselben sich hindurchgearbeitet hatte, waren seine Kräfte so erschöpft, daß er sich doch hinsetzen mußte.

Wenn ich nur nicht einschlafe, – dachte er – dann erfriere ich auch nicht.

Und um nicht einzuschlafen will ich noch einmal das Lied vom »grünen Krug« spielen.

Er spielte wieder und der bange Ton der Oboe klang ergreifend traurig durch die Stille der Nacht. Der Organist blies wacker aber immer abge-rissener und leiser sein Lied vom »grünen Krug.« Er kämpfte verzweifelt gegen seine Müdigkeit. Alle seine Gedanken waren bei Olka. Die Augen-lider wurden ihm bleischwer, eine entsetzliche Angst befiel ihn. Als wundere er sich, daß sein Liebstes nicht bei ihm sei, murmelte er:

»Olka wo bist Du?«

Und einen Augenblick später kam es angstvoll, als wolle er sie herbei-rufen, aus seinem Munde:

»Olka! ...«

Die Oboe entfiel seinen erstarrten Händen.

Das Morgengrauen beleuchtete die sitzende Gestalt Klens. Die Oboe lag zu seinen Füßen. Das blaugefrorene Gesicht war vorgeneigt, in lau-schender Stellung, als horche der arme Tote noch aufmerksam auf die Melodie des Liedes vom:

»Grünen Krug!«

Orso

Die letzten Herbsttage sind für Anaheim, einem Städtchen im südlichen Kalifornien gelegen, stets Tage der Freude, des Vergnügens und besonderer Festlichkeiten. Die Zeit der Weinlese ist dann vorüber, die Stadt wimmelt von Arbeitern und es ist ein über alle Beschreibung malerischer Anblick, welchen dann die Bevölkerung bietet. Sie besteht nur zum kleinsten Teile aus Mexikanern, hauptsächlich sind es Indianer vom Stamme der Cahuilla, welche des Broterwerbes wegen bis aus den zerklüfteten Felsenbergen des San Bernardino im Inneren des Landes herüberkamen. Die einen, wie die anderen, machen sich breit, auf Straßen und Plätzen, an Verkaufsläden und den sogenannten Lolen, wo sie unter Zelten, oder unter dem freien, ewig heiteren Himmel Kaliforniens übernachten.

Anaheim ist ein liebliches Städtchen, umgeben von Eukalypten, Ryzinus und Pfefferbäumen. Wenn das Leben darin wogt und das bunte Jahrmarktleben es mit lautem Lärm und Geschrei erfüllt, bildet es einen seltsamen Kontrast zu der stillen, ernsten, mit dichten Kaktusgruppen bestandenen Einöde, welche dicht hinter den Weinbergen beginnt und sich lange hinstreckt. Abends, wenn die Sonne ihre Strahlenkrone in die Fluten des Ocean versenkt und an dem rosig überhauchten Firmament die Züge wilder Gänse, Enten und Pelikane dahinziehen, während Möven und Kraniche zu Tausenden vom Gebirge herfliegen, dann werden in der Stadt die Feuer angezündet und das Vergnügen nimmt seinen Anfang. Die Minnesänger, Mohren, schlagen die Kastagnetten, an jedem Feuer ertönen Trommeln und die brummenden Laute der Bandscha, die Mexikaner tanzen auf ausgebreiteten Teppichen ihren Bollero, während die Indianer ihren Bewegungen folgen, lange weiße Stäbe – die Miotte – in den Zähnen haltend, oder lebhaft »e viva« – Rufe ausstoßend, dieselben nachzuahmen suchen.

Die Feuerherde, immer von neuem mit Rotholz genährt, versenden knallend und sausend Funkenfontainen in die Luft; ihre rote Glut bescheint klagende, verkrüppelte und bettelnde Gestalten, die zudringlich ihren Platz behaupten. Ringsum in weitem Umkreise sitzen die Ansiedler mit ihren Frauen und Töchtern und sehen den Spielen und Tänzen zu.

Der Tag aber, an welchen die letzte Traube unter den Füßen der Indianer ihren Saft hergeben muß, wird besonders festlich begangen. An diesem Tage kommt der Wanderzirkus des Herrn Hirsch von Los Angelos her in die Stadt. Herr Hirsch ist ein geborner Deutscher und gleichzeitig Besitzer einer Menagerie, welche aus mehreren Affen, Jaguaren, afrikanischen Löwen, einem Elefanten und etlichen altersschwachen Papageien (*The greatest Attraction of the World!*) besteht.

Die Cahuillos geizen nicht, sie geben die letzten »Pesetas« hin, welche sie noch nicht vertrunken haben, um, weniger wohl die wilden Tiere, deren sie in San Bernardino genug haben zu sehen, sondern die Künstler, einem Athleten, Clowns und alle jene Wunder des Zirkus, welche die Indianer als »große Medizin« – d. h. als Zauberei bezeichnen, Künste, die nur mit Hilfe des großen Geistes und anderer übernatürlicher Hilfsmittel zustande gebracht werden können.

Wer da aber auch nur ahnen ließe, daß er den Zirkus des Herrn Hirsch mit seinen Leistungen nur als Zugmittel für die Indianer und Neger, als einen Zirkus untergeordneten Ranges betrachte, der würde sich den gerechten und – weiß Gott gefährlichen – Zorn des Herrn Hirsch zuziehen.

Die Ankunft des Zirkus hatte im Gegenteil zur Folge, daß nicht nur die Bewohner sämtlicher Haziendas und Ansiedelungen der nahen und entfernteren Umgegend der Stadt, sondern auch die Bevölkerung der benachbarten kleineren Städte, wie Westminster, Orange und Los Nietos herbeieilten.

Die Straße »Pomeranze« ist zu dieser Zeit so mit Wagen, Wägelchen und Menschen angefüllt, daß es unmöglich ist sich durchzudrängen. Die ganze große Welt ist hier versammelt. Junge zierliche Missis, mit hellen Löckchen über den Augen, machen es sich zum Vergnügen vom Bocke ihrer Wägelchen durch die bevölkerten Straßen zu kutschieren und lachen und plaudern laut über die durch ihre Ungestüm erschreckten Gesichter. Spanische Sennoritas aus Los Nietos, werfen lange versteckte Blicke hinter ihren Schleiern hervor; verheiratete Damen aus der Umgegend, nach der neuesten Mode gekleidet, schreiten, stolz auf die Arme sonnengebräunter Farmer gestützt, deren einziger Schmuck abgetragene Hüte sind, im Übrigen sind sie in Beinkleider aus Rips und wollene Hemden gekleidet, welche wegen Mangels eines Kragens und einer Krawatte nur mit Haken und Öse geschlossen wurden.

Alle diese Menschen begrüßen einander mit fröhlichen Zurufen, blicken verstohlen mit prüfenden Blicken um sich, zu ergründen ob sie »*very fashionable*« sind und beklatschen die anderen mehr oder weniger.

Zwischen den mit Blumen geschmückten Wägelchen der Damen reiten junge Männer auf Mustangs und geben sich Mühe, von den hohen mexikanischen Sätteln herab, den jungen Mädchen unter die breiten Hüte zu blicken. Die halbwilden Pferde bäumen sich, geängstigt durch den ungewohnten Lärm und das Gedränge; schnaubend, quickend, mit rot unterlaufenen Augen drohen sie durchzugehen, aber die sichere, feste Hand der Reiter bändigt sie mit einem Druck und beachtet kaum ihre Anstrengungen.

Alles unterhält sich über »*the greatest attraction*«, oder über die Einzelnheiten des Programmes der heutigen Abendvorstellung, welche an Glanz und Mannigfaltigkeit alles bisher Dagewesene übertreffen soll. Riesenplakate berichten von wahrhaften Wunderdingen, die zur Darstellung kommen sollen. Direktor Hirsch selbst ist ein Künstler »mit der Peitsche«; er soll eine Vorstellung mit dem gefährlichsten aller Löwen, dem afrikanischen, geben. Laut Programm stürzt der Löwe dein Direktor wütend entgegen! er hat zu seinem Schutze nichts weiter in der Hand als seine Peitsche. Dieses kleine Werkzeug jedoch verwandelt sich in der Hand des Meisters in ein Wunderwerk. Das Programm verkündet: Das Ende der Peitsche soll stechen wie ein Dolch, und leuchten wie ein Blitz, krachen wie der Donner und auf diese Weise das Raubtier stets in angemessener Entfernung halten, so das; es vergeblich wütet und sich des Künstlers zu bemächtigen strebt.

Doch, das ist nicht alles. Der sechzehnjährige »amerikanische Herkules«, Orso mit Namen, dessen Vater ein Weißer, die Mutter eine Indianerin ist, wird sechs Menschen tragen, je drei auf einem Arme, außerdem hat die Direktion einen Preis von hundert Dollars ausgesetzt, für denjenigen, welcher den minderjährigen Athleten im Ringkampfe besiege, gleichviel ob er ein Farbiger oder Weißer ist.

Man munkelt, daß aus San Bernardino expreß ein Bärentöter hergekommen ist – Gryzli-Killer, um sich mit Orso zu messen; er ist berühmt wegen seiner Unerschrockenheit und Kraft, der Erste der Kalifornier, der es gewagt hat, den kalifornischen grauen Bären, nur mit Messer und Beil bewaffnet, anzugreifen.

Aller Wahrscheinlichkeit nach beschäftigt der Sieg des Bärentöters über den sechzehnjährigen Athleten des Zirkus, bis zum Übermaß die Gedanken aller Männer Anaheims. Sie sind alle überzeugt, daß Orso besiegt wird, denn wenn der junge Mann, welcher bisher überall vom atlantischen, bis zum stillen Ozean, die Gegner, welche mit ihm zu ringen sich anmaßten, zu Boden warf, wenn dieser Orso, der die stärksten Yankees bezwungen, jetzt niedergeworfen wurde, so war Kalifornien mit unsterblichem Ruhme gekrönt.

Eine andere Nummer des Programms erhitzt nicht weniger die Köpfe der weiblichen Bevölkerung Anaheims. Dieser selbe mächtige Orso wird aus einer dreißig Fuß hohen Stange, die kleine Jenny herumtragen. Das Anschlagplakat nennt sie das schönste Mädchen, welches seit Christi Geburt auf Erden gewandelt »ein Weltwunder«. Obgleich Jenny erst dreizehn Jahre zählt, hat der Direktor doch ebenfalls einen Preis von hundert Dollars ausgesetzt, für dasjenige Mädchen, ohne Unterschied der Farbe, welche in Bezug auf Schönheit mit ihr in die Schranken treten will.

Die kleinen und großen, die alten und jungen Missis aus Anaheim und der Umgegend, rümpfen verächtlich die Nasen, beim Lesen des Plakates und sind der Ansicht, daß es nicht sehr »*ladylike*« wäre, in solchen Wettbewerb einzutreten.

Ein jeder von ihnen hätte aber sicherlich lieber alles andere missen mögen, als aus den bereits im Zirkus belegten Platz verzichten. Die Abend-Vorstellung heute durfte um keinen Preis versäumt werden, die kleine kindliche Rivalin mußte gesehen und bekritelt werden, denn keine von allen den Damen, die so vergnügt auf den Straßen Anaheims herumwandelten und herumflirrten, glaubte an diese unvergleichliche Schönheit, die gewiß einen Vergleich z. B. mit den Schwestern Bimpa nicht aushalten würde.

Die beiden Schwestern Bimpa, die ältere Refugio, die jüngere Mercedes mit Namen, sitzen nachlässig in ihrem allerliebsten »*buggy*« und lesen soeben das Plakat.

Ihre schönen Züge verraten nicht die mindeste Bewegung, obgleich sie wissen und fühlen, daß die Augen von ganz Anaheim gegenwärtig auf sie gerichtet sind, bittend und bewundernd zugleich. Bittend, die Ehre der ganzen Grafschaft zu retten, welche auch in diesem Punkte den Sieg davonzutragen wünscht und mit der Bewunderung der echt patriotischen Überzeugung, daß kein Land der Welt so Schönes aufzuweisen habe, als diese Blumen Kaliforniens sind.

Ach! wie schön sind aber auch die Schwestern Refugio und Mercedes! Nicht umsonst fließt in ihren Adern rein kastilisches Blut, wie ihre Mutter fortwährend betont. Sie verbergen durchaus nicht ihre Verachtung sowohl aller Farbigen, wie auch für diejenigen, welche blondes Haar besitzen, für die Yankees.

Die Schwestern sind schlank und zierlich. Ihre Bewegungen haben etwas seltsam schwerfälliges und dabei graziöses und wonniges, daß, wer ihnen nahe kommt von einem ihm bisher unbekannten, unerklärbaren Gefühle gefesselt wird. Ein Zauber strahlt von ihnen aus, dem Jeder zum Opfer fällt; sie sind in eine Duftwolke von Magnolien und Tuberosen eingehüllt, welche die Sinne betäubt. Ihre Gesichter sind zart geformt, die Haut durchsichtig, leicht rosig gefärbt, wie vom Scheine der Morgenröte angehaucht, die Augenbrauen lang und schwarz, wie die Augen, die sie beschatten, ihr Blick kindlich, rein und voll Innigkeit.

In duftigen Musselin gehüllt, sitzen sie in ihrem blumengeschmückten Buggy so voll jungfräulicher Reinheit, ruhig und so schön, daß man ihnen anmerkt, wie sie selbst nicht einmal ahnen, daß sie schön sind. Aber Anaheim sieht es, man verschlingt sie fast mit den Augen, ist stolz auf sie und verliebt bis über die Ohren.

Wie muß nun diese Jenny aussehen, wenn sie über diese beiden den Sieg der Schönheit davontragen soll?

»*Saturday Weekly Review*« hatte zwar geschrieben: »Wenn die kleine Jenny oben auf der Spitze des Mastes, welchen Orso auf der Schulter trägt, angelangt ist und in größter Lebensgefahr über der Erde schwebend ihre Ärmchen ausbreitet, um die Bewegungen eines Schmetterlings nachzuahmen, wird es totenstill im Zirkus und nicht nur die Augen der Zuschauer, sondern ihre Herzen folgen in angstvoller Spannung jeder Bewegung dieses Wunderkindes. Wer sie einmal auf dem Mast, oder dem Pferde gesehen, schließt der »*Saturday Review*«, der vergißt sie niemals wieder, denn selbst der größte Maler der Welt, der Mister Harvey aus San Francisko, welcher das Palace Hôtel gemalt hat, wäre nicht im stande, sie zu malen.

Die skeptische oder verliebte Jugend Anaheims, welche in die Schwestern Bimpa total vernarrt war, behauptet, das alles sei Humbug. Doch das muß die Abendvorstellung erst entscheiden.

Das Gedränge in der Nähe des Zirkus wird von Minute zu Minute größer. Aus dem Inneren der den Zirkus mit seinem Leinenzelt umgebenden Schuppen ertönt das Brüllen der Löwen und der häßliche Schrei des Elefanten. Die Papageien, welche an und in den rings um das Zelt angebrachten Ringen hängen, schreien aus vollem Halse wild durcheinander, während die Affen sich an ihren eigenen Schwänzen schaukeln oder sich mit dem Publikum necken, welches durch ein rings um die Gebäude gezogenes Tau in angemessener Entfernung gehalten ward.

Endlich bewegt sich aus dem größten der Schuppen eine Prozession hervor, welche den Zweck hat, die Neugier des Publikums aus das höchste zu steigern. Die Menschen sollen starr werden vor Staunen; das will Direktor Hirsch erreichen, indem er ihnen dieses Schaustück vorführt.

Den Zug eröffnet ein ungeheuer großer Wagen, welcher mit sechs Pferden bespannt ist, deren Köpfe mit Straußenfedern geschmückt sind. Rosselenker im Kostüm französischer Postillone lenken die Pferde vom Sattel herab. Der Wagen trägt die Käfige mit den Löwen, an jedem derselben sitzt eine Lady, mit einem Ölzweig in der Hand. Hinter dem Wagen schreitet der Elefant. Sein Rücken ist mit einem Teppich bedeckt; er trägt einen Turm, in welchem Bogenschützen aufgestellt sind. Trompeten werden geblasen, Trommeln geschlagen, Peitschen knallen, die Löwen brüllen, kurz, die ganze Karawane bewegt sich mit ungeheuerem Geräusch und Geschrei vorwärts, aber nicht zufrieden damit, läßt der Direktor dem Elefanten eine Maschine mit Schornstein folgen, ähnlich einer Lokomotive, welche mittels Dampf ein Musikinstrument in Bewegung setzt, das pfeifend und quiekend – eine wahre Höllenmusik das Nationallied, den »*Yankee Doodle*« spielt. Zuweilen verfängt sich der Dampf im Sack, dann kommt aus demselben der ganz gewöhnliche Pfiff einer Lokomotive, doch das beeinträchtigt den Enthusiasmus der Menge nicht, welche sich vor Vergnügen über dieses Dampfinstrument kaum zu fassen vermag. Die Amerikaner schreien »Hurrah«, die Deutschen »Hoch«, die Mexikaner »*e viva*«, die Cahuillas heulen und brüllen zufrieden mit der Produktion wie wilde Tiere, die von Bremsen gestochen werden.

Die Volksmenge folgt dem Zuge, es wird still auf dem Platze um den Zirkus und menschenleer.

Die Papageien haben aufgehört zu schreien, die Affen Purzelbäume zu schießen: »*The greatest Attraction*« nimmt nicht Teil an dem Umzüge. Weder der unvergleichliche Künstler mit »der Peitsche«, noch der unbesiegbare »Orso«, noch Jenny, »der Engel der Luft«, befinden sich im Zuge. Sie bleiben unsichtbar, um am Abend dann um so größeren Eindruck machen zu können.

Der Direktor sitzt irgendwo im Schuppen, oder wirft einen Blick in die Kasematte, wo die Neger ihre weißen Zähne unter grinsendem Lachen zeigen – er hält hier und dort Revision und ist wütend über jeden Quark, der ihm in den Weg kommt. Orso und Jenny aber halten soeben Probe im Zirkus. Unter dem Dache von Segelleinen herrscht Dämmerlicht und tiefe Ruhe. In der Tiefe des Raumes, da, wo die Sitzplätze bis unter das Dach reichen, ist es fast finster. Am hellsten beleuchtet ist der abgegrenzte und mit Sägespreu ausgestreute Raum der Arena, wo durch die obere Öffnung im Zeltdach das Licht in grellem Strahl hereinleuchtet. In dem, im Halbdunkel liegenden Teil des Zirkus steht an einem Trapez ein Pferd; es ist niemand bei ihm. Das breitrückige Tier scheint Langeweile zu haben; es scheucht mit dem Schwanze die Fliegen fort, während es, so weit das die strammen Zügel erlauben, den Kopf auf und niederbewegt. Nachdem sich das Auge allmählich an das Dunkel gewöhnt hat, erblickt es auch noch andere Gegenstände, wie z. B. die im Sande liegende Stange, auf welcher Orso gewöhnlich Jenny trägt und einige mit Seidenpapier überklebte Reifen, durch welche Jenny springen soll – das alles liegt achtlos und unordentlich hingeworfen, der ganze dämmerige Raum macht den Eindruck eines längst von den Bewohnern verlassenen Hauses, in welchem die Fensterläden vernagelt sind. Die Reihen der Bänke, nur an einzelnen Stellen von einem Lichtschimmer übergossen, gleichen einem Trümmerhaufen, selbst das, jetzt mit gesenktem Kopfe dastehende Pferd, vermag dem Raum kein Leben zu geben.

Wo sind denn Orso und Jenny? Ein Streifen des durch einen Spalt scheinenden Lichtes fällt wie ein goldener Fleck in die Tiefe auf eine Stelle der Bänke unter dem Dach. Wie die Sonne ihren Lauf fortsetzt, bewegt auch er sich, hüpft von Stelle zu Stelle, bis er plötzlich an einer Gruppe haften bleibt, welche aus Orso und Jenny besteht.

Orso sitzt auf einer der oberen Bänke, neben ihm das Mädchen. Sie hat ihr reizendes Kinderköpfchen an die Schulter des Athleten gedrückt; die eine ihrer Hände liegt um seinen Hals geschlungen auf seiner anderen Schulter. Die Augen des Kindes sind nach oben gerichtet; sie horcht aufmerksam auf das, was Orso ihr sagt. Er sitzt, etwas über sie gebeugt, während er zuweilen den Kopf tiefer herabneigend, eindringlich zu ihr spricht, ihr etwas erklärend.

Wie sie so aneinander geschmiegt sitzen, könnte man sie für ein Liebespaar halten, wenn nicht die, noch nicht bis zur Erde reichenden in hellrosa Trikot gekleideten Beinchen Jennys, in echt kindischer Weise hin und her baumelten und ihr nach oben gekehrtes Gesichtchen weit mehr den Ausdruck gespannten Zuhörens und angestrengten Denkens tragen würde, als denjenigen irgend eines anderen Gefühles.

Im Ganzen ist eben Jenny noch ein Kind, aber ein so entzückend anmutiges, daß auch Herr Harvay in San Francisko, ohne seiner Kunst zu nahe treten zu wollen, gewiß etwas so Süßes in seiner Phantasie nicht zu schaffen vermochte. Ihr kleines zartes Gesichtchen ist das eines Engels, die mächtigen, traurig blickenden blauen Augen, haben einen tiefen, süßen, vertrauensvollen Ausdruck; die dunklen Brauen, wölben sich in tadelloser Form auf der reinen, weißen, gedankenvollen Stirne, und das aschblonde seidenweiche Haar, welches etwas unordentlich herabfällt, wirft einen leichten Schatten auf dieselbe, so decent und schleierhaft, daß nicht nur Meister Harvay, sondern noch ein anderer berühmter Maler, Namens Rembrandt, Mühe haben würde, es zu malen. Das Mädchen erinnert gleichzeitig an Aschenbrödel und an Gretchen. Die Stellung, welche sie augenblicklich einnimmt, verrät Furcht, Schüchternheit, Hilflosigkeit und das Verlangen nach Schutz und Stütze. Das Bewußtsein, vereinsamt und allein in der Welt dazustehen, drückt sich in ihrer ganzen Haltung aus.

Seltsam nimmt sich diese Gestalt – eine Figur im Stile des Bildhauers Greuz – in der Zirkustracht aus. Ein kurzes Gazeröckchen mit Silberflittern reich benäht, so kurz, daß es noch die Kniee freiläßt und die rosafarbenen Trikots – das ist der ganze Staat.

Übergossen von dem Streifen Sonnenlicht, der sie soeben getroffen, hebt sie sich von dem dunklen Hintergrunde ab, wie eine aus Sommerfäden gewebte Lichtgestalt, zart und durchsichtig, ein schroffer Gegensatz zu der vierschrötigen derben Gestalt des Jünglings neben ihr.

Orso, im fleischfarbenen Trikot, sieht von Ferne aus, als wären seine Glieder völlig unbedeckt. Derselbe Sonnenstrahl, der die Elfengestalt neben ihm beleuchtet, bescheint auch seine unverhältnismäßig breiten Schultern, die fast zu stark gewölbte Brust, den eingefallenen Leib und die, im Verhältnis zum Oberkörper zu kurzen Beine. Die kraftvollen Gliedmaßen erscheinen plump, wie mit der Holzaxt zugehauen; Orso trägt alle Abzeichen eines Zirkusathleten an sich vereint, sie sind so kräftig zur Entwickelung gelangt, daß er fast zur Karikatur herabsinkt. Dazu ist er häßlich. Zuweilen, wenn er den Kopf etwas aufrichtet, kann man sein Gesicht sehen, es ist regelmäßig, vielleicht sogar sehr regelmäßig, aber die Züge sind starr, wie in Eis gehauen und ebenfalls plump. Die Stirne ist niedrig. Die tiefschwarzen, dem Pferdehaar ähnelnden Haare, wahrscheinlich ein Erbteil seiner Mutter, einer Squaw, fallen bis auf die Nase herab und geben dem Gesichte einen düsteren, fast drohenden Ausdruck.

Er ist gleichzeitig dem Büffel und dem Bären ähnlich; im ganzen personifiziert er eine außergewöhnliche Kraft, aber eine böse. Er ist auch nicht gut.

Wenn Jenny an den Verschlägen vorüber geht, in welchen die Pferde stehen, so drehen die braven Tiere ihre Köpfe ihr zu, sehen sie mit den klugen Augen an und wiehern leise, als wollten sie sagen »*How do you do darling*« Beim Anblick Orsos gehen sie hoch vor Angst, steigen in die Krippen und zittern am ganzen Leibe. Er ist ein verschlossener Mensch, brummig und schwermütig. Die Mohren des Herrn Hirsch, welche als Pferdeknechte, Clowns, Minnesänger und Seiltänzer ihr Tagewerk verrichten, mögen ihn nicht leiden; sie quälen ihn, wo und wie sie können und da er ein Mestize ist, machen sie sich nichts aus ihm und zeigen ihm bei jeder Gelegenheit, wie sehr sie ihn verachten. Der Direktor, welcher, die Wahrheit zu sagen, nicht viel riskiert, indem er einen Preis von hundert Dollar aussetzt für denjenigen, welcher ihn im Kampfe besiegt, mißachtet und fürchtet ihn gleichzeitig, etwa so, wie der Tierbändiger den Löwen fürchtet, d. h. er dressiert ihn bei jeder beliebigen Veranlassung.

Er tut das auch noch aus einem besonderen Grunde, weil Herr Hirsch der Ansicht ist, daß, wenn er den Orso nicht schlägt, dieser ihn schlagen würde; im übrigen huldigt er gleich einer Kreolin dem Grundsatze, daß Schlagen eine Strafe, Nichtschlagen eine Belohnung ist.

Das ist Orso. Seit einiger Zeit hat er sich sehr zu seinem Vorteil geändert und das ist, seit er angefangen hat, die kleine Jenny mit der ganzen Inbrunst seiner Seele zu lieben.

Es war vor etwa einem Jahre, da war es geschehen, daß Orso, welcher auch die Aufsicht über die Tiere hatte, eines Tages den Käfig des Jaguar reinigen wollte. Die Bestie steckte ihre Pranke durch das Gitter und verletzte ihn stark am Kopfe. Da trat der Athlet in den Käfig, – aus dem Kampfe, welcher sich nun entspann, ging er allein lebend hervor. Das Tier war erlegen. Der Jaguar hatte ihn aber so schwer verletzt, daß er ohnmächtig wurde und lange krank lag, wozu die Schläge, welche der Direktor aus Ärger über den Verlust des Tieres seinem wunden Körper versetzte, noch vollends verhalfen.

Während der Dauer seiner Krankheit hatte die kleine Jenny ihm viel Barmherzigkeit erwiesen; sie hatte in Ermangelung eines Arztes seine

Wunden verbunden, ihm Wasser gereicht und jede freie Minute bei ihm verbracht, um ihm aus der Bibel, dem »guten Buche« vorzulesen, welches nur von Liebe, Vergebung und Barmherzigkeit sagt, kurz von Dingen, von welchen im Zirkus Hirsch kein Mensch sonst wußte, deren Namen selbst hier jedermann unbekannt waren und von welchen niemand hier sprach.

Jenny hatte das Buch von ihrer Mutter geerbt, es immer bei sich gehabt. Orso zergrübelte sich seinen schwerfälligen Indianerkopf, während er aufmerksam zuhörte und gelangte endlich zu der Überzeugung, daß er niemals ein solcher Bösewicht geworden wäre, wenn es im Zirkus so wäre, wie es dieses Buch lehrte. Er reflektierte: »wenn man hier diesen Lehren nach lebte, dann würde man mich nicht immer nur schlagen, ja vielleicht fände sich sogar jemand, der mich ein wenig lieb hätte.« Aber wer? Die Mohren nicht, Herr Hirsch erst recht nicht, wer also sonst, wenn nicht die kleine Jenny, deren Stimme ihm so süß in die Ohren klang wie der Ton der Mundharmonika.

Eine Folge dieses Grübelns war, daß er eines Abends herzerschütternd zu weinen anfing; er küßte die kleinen Hände Jennys und von diesem Augenblicke an liebte er sie sehr.

Von da an war er immer in der Arena, wenn sie während der Abendvorstellungen reiten mußte und verfolgte mit besorgten Blicken jede ihrer Bewegungen. Während er ihr die mit Papier beklebten Reifen hielt, lächelte er sie an, und wenn er unter den Klängen des Liedes »Ach, der Tod ist nahe!« sie zum Entsetzen aller Zuschauer auf der Spitze des Mastes herumtrug, dann war er selbst voll entsetzlicher Angst. Wußte er doch sehr gut, – wenn sie herunterfiel, dann gab es niemanden mehr im Zirkus aus dem »guten Buche«. Die ängstliche Besorgnis in seinen Bewegungen erfüllte die Zuschauer oft mit Grausen. Wenn sie, den Beifallsrufen der Menge folgend, beide nach beendeter Vorstellung in der Arena erscheinen mußten, dann schob er sie immer ein wenig vor, auf daß der Hauptanteil der Bravos ihr zufalle und brummte vergnügt, wenn dieselben recht stürmisch ausfielen.

Orso, der Brummbär, verstand auch nur mit ihr allein zu plaudern, ihr allein öffnete er sein ganzes Herz. Er verachtete die Zirkusleute und Herrn Hirsch, welche so ganz anders waren als die Menschen im »guten Buch.« Mit unwiderstehlicher Gewalt zog es ihn fortwährend hinaus in die Ferne, in Steppen und Wälder. Wenn die Truppe auf ihren Wanderungen zufällig wüste, unbevölkerte Länderstrecken zu durchziehen hatte, so erwachten in ihm die Instinkte der Natur wie beim Wolfe, der, in der Gefangenschaft geboren und aufgewachsen, zum ersten Mal den Wald erblickt. Vielleicht war ihm diese Sehnsucht nicht nur von der Mutter vererbt, vielleicht war auch der Weiße, welcher sein Vater war, ein Kind der Steppe gewesen.

Er machte die kleine Jenny zur Vertrauten dieser Freiheitssehnsucht und erzählte ihr dabei, wie man in der Steppe lebt. Zum größten Teil mutmaßte er nur, wie sich das Leben dort gestaltete, denn nur wenig hatte er darüber von den Steppenjägern gehört, welche zuweilen in den Zirkus kommen, teils um Herrn Hirsch mit wilden Tieren zu versorgen, teils um der Versuchung, den Ringkampf mit Orso zu wagen, nachzugeben.

Die kleine Jenny horchte seinen Erzählungen meist mit weit geöffneten Augen sehr nachdenklich zu. O, daß doch Orso niemals diesem Drange folgen und allein in die Steppen ziehen wollte! Sie wollte mit; es würde ihnen gut gehen, alle Tage gibt es Neues zu sehen, ihre kleine Wirtschaft wird ihnen genug zu tun geben, sie werden beide an etwas zu denken haben.

Gegenwärtig sitzen sie beide in dem Sonnenlicht, sie unterhalten sich, anstatt die neuen Sprünge zu proben. Das Pferd steht in der Arena und langweilt sich.

Die kleine Jenny, dicht an die Schulter Orsos geschmiegt, läßt den Blick in die Ferne schweifen, so sehnsüchtig und gedankenvoll, während die kleinen Beinchen unablässig hin und her pendeln. Sie überlegt, wie es in der Steppe aussehen kann, zuweilen wirft sie eine Frage ein; sie will ganz genau erfahren, wie das werden soll.

»Wo wohnt man da?« frägt sie, die Augen zu dem Gefährten aufschlagend.

»O, dort gibt es auch Wälder mit unzähligen Eichenbäumen« antwortet er. »Man schlägt sie mit der Axt um und baut ein Blockhaus davon.«

»*Well*,« sagt Jenny, »aber ehe es fertig ist?«

»Es ist dort immer warm«, bemerkt Orso ausweichend. »Gryzli-Killer sagt, es ist sehr warm dort.«

Jennys Beinchen pendeln noch lebhafter und das ist ein Zeichen, daß sie mit allem einverstanden ist, wenn es nur warm ist. Dann wird sie wieder nachdenklich. Sie besitzt im Zirkus einen Hund und eine Katze. Diese sind ihr ausschließliches Eigentum; sie nennt sie »Herr Hund« und »Frau Katze«. In Bezug auf diese beiden möchte sie sich vergewissern.

»Dürfen der »Herr Hund« und die »Frau Katze« mit uns gehen?« fragt sie wieder.

»Freilich dürfen sie! antwortet Orso und knurrt vor Freude. Wir nehmen auch, das »gute Buch« mit!«

»Das wollen wir!« sagt Orso noch vergnügter.

»*Well,*« plaudert das Mädchen. »Frau Katze soll uns Vögel fangen und Herr Hund muß bellen, sobald jemand kommt, der Böses im Schilde führt; Du bist der Mann, ich Deine Frau und sie sind unsere Kinder.«

Orso fühlt sich so glücklich, daß er kein Wort mehr hervorbringen kann, Jenny fährt daher fort: »Und Herr Hirsch wird nicht dort sein, und der Zirkus wird nicht dort sein, und wir werden immer nur nichts tun, basta! Aber wie?« – setzt sie nach einer Weile hinzu – »das gute Buch sagt, der Mensch müsse arbeiten; ich werde ab und zu durch einen Reifen springen, durch zwei, drei, vier Reifen, damit ich nicht vergesse, wie es gemacht wird!«

Noch nie hatte sich Jenny unter dem Worte »Arbeit« etwas anderes vorgestellt, als durch Reifen zu springen, verschiedene Kunststücke auf dem Pferde zu machen, die hohe Maststange hinauf zu klettern und auf ihrer Spitze zu balancieren. Das arme Mädchen ahnte nicht einmal, wie gefährlich und mühevoll die Arbeit war, welche sie tagtäglich ausübte; langjährige Gewohnheit hatte sie die Gefahren übersehen gelehrt, in denen sie bei jeder Vorstellung schwebte, aber sie wußte ebensowenig von den tausendfältigen Mühen, mit welchen sich andere Sterbliche ihr tägliches Brot verdienen mußten.

Nach einer Weile frug sie wieder: »Orso, werde ich wirklich immer bei Dir bleiben?«

»Freilich, Elfe! ich liebe Dich ja so sehr.«

Dabei erhellen sich seine Züge, er sieht fast schön aus.

Er weiß aber selbst gar nicht einmal, wie sehr er dieses hellblonde Köpfchen liebt; wie der Hund seine Herrin und auf der ganzen weiten Welt nur sie, einzig und allein. Er sieht neben ihr aus wie eine Bulldogge, häßlich wie ein Drachen, doch was ficht ihn – sie beide das an. Nichts! gar nichts!

»Elfe!« spricht er nach einem Weilchen. – »Höre zu, ich will Dir etwas sagen.«

Jenny, welche schon aufgestanden war, um nach dem Pferde zu sehen, kniete nun vor Orso nieder, weil sie keines seiner Worte überhören möchte. Sie stützt beide Ellbogen auf seine Kniee, legt das Kinn in die Handflächen und schickt sich eben an, ihm aufmerksam zuzuhören.

Da, zum Unglück für die beiden Kinder, betritt in diesem Augenblick der Künstler »mit der Peitsche« die Arena. Er ist in schlimmster Laune, denn seine Probe mit dem Löwen ist vollständig mißlungen.

Das altersschwache, fast mähnenlose Tier, welches zufrieden wäre, wenn man ihm endlich etwas Ruhe gönnte, will durchaus nicht auf die Reizmittel des Direktors reagieren; es schreitet nicht zum Angriff vor, flüchtet statt dessen vor den Peitschenhieben des wütenden Künstlers in den äußersten Winkel des Käfigs. Wenn der Löwe seine sanfte Laune bis zum Abend nicht aufgibt, kann die Vorstellung mit »der Peitsche« nicht stattfinden, denn einen flüchtenden Löwen zu schlagen, ist ebensowenig ein Kunststück, als das Verzehren eines Krebses, bei dem man vom Schwanz zu essen anfängt.

Die Laune des Direktors hat sich noch verschlimmert, als er erfahren, daß die Cahuillas ihr Geld schon zum größten Teil vertrunken haben müssen. Der Mohr, welcher den Billetverkauf versehen hat, berichtet, daß eine große Menge derselben sich wohl zur Kasse drängt und Billets verlangt; statt des Geldes aber bieten sie ihre, mit *U. S.* gezeichneten Schlafdecken, oder gar ihre Frauen, meist die alten, an. Der Mangel an Geld bei den Cahuillas ist ein großer Verlust für den Direktor, welcher mit Sicherheit aus ein ausverkauftes Haus gerechnet hat, deshalb hat er augenblicklich keinen sehnlicheren Wunsch, als daß alle Indianer zusammen nur einen Rücken hätten, auf welchem er mit der Peitsche eine Vorstellung geben könnte, in Gegenwart von ganz Anaheim. So mißlaunig betritt er jetzt den Zirkus. Das erste, was er erblickt, ist das Pferd, welches untätig und gelangweilt unter dem Trapez steht und Lust bezeigt, einen vor ihm stehenden Holzblock mit den Vorderhufen zum Umfallen zu bringen.

Wo mag Orso und Jenny sein? Er legt schirmend die Hand über die Augen, damit das von oben hereinfallende Licht ihn nicht blendet und blickt scharf in den im Dunkel liegenden Zirkus hinein: Da sieht er, beleuchtet von dem grellen schmalen Lichtstreifen, Orso und Jenny, wie sie vor ihm kniet und ihre Ärmchen auf seine Kniee aufgestützt hat. Bei diesem Anblick entfällt dem Zornigen die Peitsche zur Erde. »Orso!« – schreit er wild.

Ein plötzlicher, unvermuteter Donnerschlag hätte die beiden Kinder nicht so erschrecken können, als diese Stimme. Orso springt auf, mit beiden Füßen zugleich setzt er über die Bankreihen hinweg, der Arena zu, mit jener Eile des Hundes, welcher behende dem Rufe seines Herrn folgt. Ihm nach eilt die kleine Jenny, die Augen weit aufgerissen, mit entsetztem, starren Blick, während sie beim Überspringen der Bänke sich an diese anklammert, um nicht zu fallen.

Als Orso die Arena erreicht hat, bleibt er neben dem Trapez stehen, schweigend und mürrisch blickt er in's Leere. Das von oben hereinfallende Dämmerlicht beleuchtet jetzt vollständig seinen herkulischen Oberkörper, welcher für die zu kurz geratenen Beine fast zu kolossal erscheint.

»Näher! hierher!« ruft der Direktor mit vor Wut heiserer Stimme, während das Ende der Peitsche, die er bereits wieder in der Hand hält, unheilverkündende Kurven im Sande der Arena beschreibt, wie der Tiger vor dem Angriffe mit dem Schweife peitscht, den geeigneten Moment zum Sprunge erspähend.

Orso tritt einige Schritte vor. Eine Zeit lang sehen sich beide, der Gebieter und der Untergeordnete, fest in die Augen, als wollten sie einander messen, wer wohl der Stärkere von ihnen ist. Der Direktor hat vollständig das Aussehen eines Tierbändigers, welcher den Käfig betreten hat, um an einem wilden Tiere eine Dressur vorzunehmen. Er will es zwingen, traut ihm aber nicht und beobachtet jede seiner Bewegungen, weil er es gleichzeitig mißachtet und fürchtet.

Endlich siegt seine Wut über seine Besorgnis. Seine dünnen, in Wildlederhose und hohen Schaftstiefeln steckenden Beine zappeln erregt hin und her. Aller seit einer Stunde angesammelte Ärger ergießt sich jetzt über die Häupter der armen Sünder, deren Pflichtversäumnis nicht allein die Schuld an seinem Zorne trägt. Oben zwischen den Bänken ist Jenny stehen geblieben; bebend vor Angst sieht sie aus die beiden, wie das unschuldige Reh dem Kampfe zweier aufeinander stoßender Büffel zuschauen würde.

»Lump! Hund Du fremder, hergelaufener!« – zischt der Direktor zwischen den Zähnen hervor. Die Peitsche beschreibt mit Blitzesschnelle einen Kreis und trifft den Knaben. Orso zuckt lautlos etwas in die Höhe; springt einen Schritt vor, doch ein zweiter Schlag hält ihn auf, ein dritter, vierter, zehnter folgt. Der erhobene Arm des Peitschenkünstlers zuckt kaum, nur das Handgelenk bewegt sich, wie der Teil einer Maschine, die mit Schrauben zusammengefügt ist und jeder Bewegung folgt das Klatschen der niederfallenden Peitsche auf dem Leibe Orsos.

Die Vorstellung hat ohne Zuschauer begonnen, nur daß nicht der Löwe, sondern der Knabe vor dem Bändiger stand. Die Peitsche sauste mit einer Geschwindigkeit hin und her, daß es schien, als fülle sie den ganzen Raum zwischen den beiden mit ihren Schwingungen aus. Der Direktor arbeitete sich stufenweise immer mehr in eine zuletzt erkünstelte Wut hinein, der Meister improvisierte geradezu.

Schon zwei Mal hatte die Kugel am Ende der Peitsche blutige Male auf den Nacken des Knaben gezeichnet. Zur Abendvorstellung mußten die Blutstriemen mit Puder verdeckt werden.

Orso blieb stumm. Nach jedem Hiebe aber machte er einen Schritt vorwärts, – der Direktor einen rückwärts. Auf diese Weise hatten sie die ganze Arena umschritten. Jetzt fing der Direktor an, sich nach dem Ausgange zurückzuziehen, genau, wie der Tierbändiger den Ausgang des Käfigs zu erreichen sucht, in welchem er die Dressur eines Raubtieres vorgenommen, und plötzlich verschwand er am Eingange zu den Ställen, wie der Tierbändiger außerhalb des Fallgitters, aus dem Käfig.

Schon im Verschwinden begriffen, fiel sein Blick auf Jenny.

»Auf!« – schrie er – »hinauf auf das Pferd. Wir rechnen später ab.«

Seine Stimme war noch nicht verklungen, als das weiße Röckchen Jennys auch schon in der Luft flatterte. Mit affenartiger Behendigkeit war sie auf den Rücken des Pferdes gesprungen. Der Direktor verschwand hinter dem Vorhang; das Pferd fing an, immer im Kreise herum zu galoppieren, zuweilen mit den Vorderhufen die Umrandung der Arena treffend.

»Hep! Hep!« rief das dünne Stimmchen Jennys, »Hep! Hep!« aber dieses »Hep! Hep!« klang wie unterdrücktes Schluchzen. Das Pferd schlug ein immer schnelleres Tempo an, öfter wiederholte sich das Klappern der Hufe, der Kopf des Tieres beugte sich immer gewaltiger abwärts. Das Mädchen stand auf dem Sattel, die Füßchen dicht nebeneinander gedrückt, schien sie denselben kaum mit den Fußspitzen zu berühren. Die bloßen rosigen Ärmchen suchten mit hastigen Bewegungen das Gleichgewicht zu halten und das von der Bewegung der Luft rückwärts geworfene Haar, so wie die Falten des Gazeröckchens flatterten hinter ihr her. Sie sah aus wie ein, in der Luft kreisender Vogel.

»Hep! Hep!« – rief sie noch einmal – aber zugleich stürzten die so lange zurückgehaltenen Tränen unaufhaltsam über ihre Wangen herab, die Augen verschleiernd, so daß sie den Kopf vorbeugen mußte, um sehen zu können. Die Bewegung des Pferdes verwirrte sie, die amphitheatralisch emporsteigenden Bänkereihen, die Zeltwand, zuletzt die Einfassung der Arena begannen vor ihren Blicken einen Wirbeltanz. Sie wankte, einmal, zweimal, endlich stürzte sie vom Pferde herab in die Arme Orsos, der ihren Bewegungen unablässig gefolgt war.

»Ach Orso! armer Orso!« rief das Kind schluchzend.

»Was ist Dir Elfe«, flüsterte der Knabe. »Warum weinst Du? O weine nicht! Elfe, weine nicht! Es tut mir nicht sehr wehe, gar nicht sehr.«

Jenny warf ihre beiden Arme um seinen Hals und küßte seine Wangen. Ihr ganzer Körper bebte vor Aufregung, das Schluchzen wurde krampfhaft. Sie konnte sich gar nicht helfen, das eben Erlebte hatte sie zu sehr erschüttert.

»Orso! Orso!« das waren die einzigen Worte, welche sie hervorzubringen vermochte, während ihre Ärmchen krampfhaft seinen Hals umklammerten. Noch mehrmals wiederholt sie seinen Namen, denn wenn sie selbst die Schläge erhalten hätte, heftiger hätte sie auch nicht weinen können.

Endlich vermag er durch Zureden und Liebkosungen sie zu trösten … seinen Schmerz verbeißend, nimmt er sie auf seine Arme und drückt sie wiederholt an seine Brust. Zum ersten Mal, in der furchtbaren Erregung seiner gepeinigten Nerven, fühlt er wohl, wie sehr er sie liebt, nicht wie der Pudel seine Herrin, ach nein, ganz anders. Er atmet hastig und tief, während seine Lippen in kurzen abgerissenen Sätzen flüstern:

»Ich fühle keine Schmerzen … Wenn Du bei mir bist, fühle ich mich wohl … Jenny … liebe Jenny!«

Unterdessen schreitet der Direktor wutschnaubend in den Ställen umher. Sein Herz ist voll Eifersucht. Er hat das Mädchen knieend vor Orso gesehen und er selbst trägt feit einiger Zeit ein unbestimmbares, noch in der Entwicklung begriffenes Verlangen nach diesem lieblichen Kinde. Bei der Unlauterkeit seiner Denkungsart, hält er die beiden für ein Liebespaar. Es würde ihm eine große Genugtuung, ja eine Wonne sein, sie tüchtig durchzupeitschen, rächen mußte sich, diesem Verlangen konnte er nicht widerstehen. Eine Weile später rief er nach ihr.

Sie riß sich augenblicklich aus den Armen des Athleten und verschwand in dem dunklen Eingang zu den Stallungen. Orso blieb ganz betäubt zurück; anstatt ihr zum Schutze zu folgen, ging er auf die nächste Bankreihe zu, schwankenden Schrittes und mit schmerzverzerrten Zügen und setzt sich stöhnend und schwer aufatmend darauf nieder.

Das Mädchen war inzwischen eiligst in den Pferdestall getreten. Zuerst sah sie niemanden, da es dort noch dunkler war als in der Arena. Eine ängstliche Beklommenheit hemmte ihren Schritt, doch fürchtend, der Meister könne glauben, sie habe seinem Rufe nicht sofort Folge geleistet, rief sie weiter vortretend mit leiser, ängstlicher Stimme:

»Ich komme schon, Herr, da bin ich!«

In diesem Augenblick fühlte sie ihre kleine Hand von der Hand des Direktors erfaßt und seine heisere Stimme sagte rauh:

»Komm!«

Hätte er gescholten, geschrieen, getobt, sie wäre nicht so erschrocken und entsetzt gewesen, wie über sein Stillschweigen, während er sie nach jener Seite hinführte, wo die Garderobe des Zirkus sich befand. Sie stemmte sich rückwärts aus allen Kräften und wiederholte hastig ein über das andere Mal:

»Herr Hirsch! lieber, teurer, bester Herr Hirsch, lassen Sie mich, ich will ja nie wieder – faul sein« wollte sie sagen, doch er ließ sie nicht ausreden.

Mit der ganzen Gewalt seiner überlegenen Körperkraft zog er sie vorwärts nach der langen verschließbaren Kammer, in welcher die Kostüme des Zirkuspersonals sich befanden, stieß sie vor sich hinein und verschloß hinter sich die Türe.

Jenny fiel vor ihm in die Kniee. Die Händchen gefaltet, die Augen zu ihm erhoben, mit von Tränen überströmtem Gesichtchen, zitternd wie Espenlaub, bemühte sie sich, ihn um Verzeihung zu bitten. Er aber nahm gelassen die Reitpeitsche vom Nagel und indem er sie am Gürtel ihres Röckchens packte, warf er die zarte Gestalt, sie wie ein leichtes Bündelchen emporhebend, auf einen Stoß Kleider, welche auf dem Tische lagen. Dann hatte er noch eine Weile Mühe, ihre strampelnden Füße mit der einen Hand festzuhalten und nun fiel der erste Schlag.

»Orso! Orso!« schrie das Mädchen.

Im selben Augenblick zitterte die Kammertüre in ihren Angeln. Ein gewaltiger Krach – sie spaltete sich von oben bis unten, mit Riesenkraft zersprengt stürzte die eine Hälfte derselben mit fürchterlichem Gerassel zu Boden.

In der entstandenen Öffnung stand Orso.

Die Reitpeitsche entfiel der Hand des Direktors. Sein Gesicht wurde kreideweiß, aber Orso sah auch zum Erschrecken aus. Von den Augen des Athleten war nur das Weiße sichtbar, sein breiter, mit aufgeworfenen

Lippen ausgestatteter Mund war mit Schaum bedeckt, der Kopf vorgeneigt, wie bei einem Büffel, der zum Stoß sich anschickt, der ganze Körper zusammengezogen, zum Sprunge bereit.

»Fort!« brüllte der Direktor, indem er sich Mühe gab, seine Angst so gut als möglich unter der Maske der Strenge zu verbergen.

Aber die Wut Orsos war einmal entfesselt. Er, der sonst so gehorsam wie ein Hund, jedem Winke des Direktors Folge geleistet, er gehorchte dieses Mal nicht nur nicht – nein, sein Kopf neigte sich ein wenig tiefer, während er drohend dem Künstler »mit der Peitsche« die muskulösen Arme entgegenstreckte.

»Hilfe! Hilfe!« schrie der Direktor.

Man hatte den Ruf gehört.

Vier kolossale Mohren stürzten durch die zerbrochene Türe in eiligen Laufe herein und warfen sich auf den Athleten.

Es begann ein schrecklicher Kampf, welchem der Direktor zähneklappernd zusah. Eine Zeit lang konnte man nichts sehen, als einen Klumpen dunkler, ineinander geballter Leiber, welche in konvulsivischen, hastigen und verrenkten Bewegungen sich hin und her wanden. Durch die tiefe Stille, welche plötzlich eingetreten war, drang nur zuweilen ein leises Stöhnen, Schnarchen oder Schnauben. Nach einer kleinen Weile aber flog einer der Mohren, wie von übernatürlicher Kraft geworfen aus dem Menschenknäuel heraus, überschlug sich einige Male in der Luft und fiel mit dumpfem Knall neben dem Direktor nieder. Er war mit dem Schädel auf die Diele der Kammer so heftig aufgeschlagen, daß er liegen blieb. Ihm folgte bald ein Zweiter und endlich erhob sich über dem Knäuel Kämpfender, nur noch Orso, fürchterlicher anzusehen, als vordem, blutend, mit zerzausten, sich sträubenden Haaren. Die beiden, noch bei ihm befindlichen Neger, preßte er soeben zwischen seinen Knieen, bis er sie ohnmächtig fallen ließ. Darauf richtete er sich hoch empor und schritt auf den Direktor zu.

Der schloß die Augen, noch ehe der Athlet ihn erreicht.

In der nächsten Sekunde fühlte er sich emporgehoben, seine Füße baumelten, dann flog sein ganzer Körper durch die Luft und noch eine Sekunde später fühlte er nichts mehr, denn er war mit der Wucht seines ganzen Körpers gegen die noch im Rahmen befindliche zweite Hälfte der zerbrochenen Türe geflogen und lag nun bewußtlos am Boden.

Orso trocknete sich den Schweiß ab, während er sich Jenny näherte. »Komm!« sagte er kurz. Er nahm ihre Hand und führte sie hinaus.

Die ganze Stadt war auf den Füßen, den Umzug des Zirkus zu begleiten und der Dampfmaschine, welche unaufhörlich: »*Yankee Doodle*« spielte, zuzujubeln. Es war daher um den Zirkus selbst ganz menschenleer, nur die Papageien, welche sich in ihren Ringen schaukelten, erhoben ein fürchterliches Geschrei beim Anblick der beiden Kinder, welche Hand in Hand davongingen, ziellos, aber der Freiheit entgegen. Da draußen irgendwo am Ende der Straße mußte hinter der Stadt die unendliche Kaktussteppe liegen. Schweigend schritten sie an Eukalypten beschatteten Häusern vorüber, dann kamen sie an dem städtischen Schlachtviehhofe vorbei, um welchen eine Anzahl Spechte mit schwarzen Bäuchen und roten Flügeln beutesuchend kreisten, zuletzt übersprangen sie einen Ableitungsgraben und betraten ein Orangenwäldchen. Als sie dieses, hinter sich hatten, befanden sie sich zwischen Kaktusstauden. Hier begann die Wüste.

Soweit das Auge reichte, türmten sich höher und höher die stacheligen Büsche. Verkrüppelte, untereinander geschlungene Blätter, welche den anderen Blättern entsprossen, versperrten den Weg und hielten Jennys Kleid fest. Zuweilen erhoben sich die Kakteen so hoch, daß die Kinder wie in einem Walde wandelten, aber in diesem Walde würde sie niemand suchen, noch viel weniger finden. Sie gingen daher bald nach links, bald nach rechts, nur vorwärts wollten sie, fort von der Stätte des Elends und der Qual. An Stellen, wo die Büsche niedriger waren, konnte man weit hinten, am Horizont, die bläulich leuchtenden Berge Santa-Ana sehen.

Sie gingen den Bergen zu. Die Hitze war groß. Graue Heuschrecken zirpten in den Büschen, die Sonne versandte ganze Strahlenbündel auf die Erde und der ausgedorrte Boden hatte ein dichtes Netz von breiten Rissen aufzuweisen. Die breiten steifen Kaktusblätter schienen in der Sonnenglut weich zu werden, die Blüten hingen schlaff und welk von den Stengeln.

Nachdenklich und schweigsam gingen die Kinder weiter. Denn alles was sie hier umgab, war ihnen so neu und ungewöhnlich, daß sie sich den neuen Eindrücken ganz hingaben und bald sogar ihre vorausgegangene Aufregung und alle Müdigkeit vergaßen. Jenny ließ ihre Blicke von einem Busche zum anderen schweifen, dann wieder spähte sie forschend in das Innere der Stauden und nur von Zeit zu Zeit wagte sie leise flüsternd den Gefährten zu fragen:

»Das also Orso, das ist die Wüste?«

Die Wüste schien aber nicht stumm zu sein, denn von weiter her vernahm man die Rufe der Hähne der Rebhuhnvölker und überall in der Runde tönte das Klatschen, Zischen und Summen der verschiedenen kleinen Tiere, welche die Kaktusbüsche bewohnten, gar seltsam an das Ohr Jennys. Zuweilen flog ein Volk Rebhühner auf, langbeinige Läufer mit beschopften Köpfen flüchteten eiligst vor den Wandernden, schwarze Eichhörnchen versteckten sich in ihre Erdlöcher und Hasen und Kaninchen sprangen nach allen Richtungen davon, von dem Schall ihrer Tritte aufgeschreckt, während fette Zieselmäuse auf ihren Hinterbeinchen ruhig vor ihren Höhlen sitzen blieben. Sie sahen behäbigen Farmern nicht unähnlich, wenn diese in den Türen ihrer Häuser sitzen und ruhen.

Nachdem sie eine kleine Stunde geruht hatten, gingen die Kinder weiter. Jenny wurde bald nachher durstig und Orso, welcher von seiner Mutter wohl die erfinderische Gabe der Indianer geerbt hatte, suchte ihn zu stillen, indem er einige Früchte der Kaktuspflanze pflückte. Sie waren in Menge vorhanden und wuchsen zugleich mit den Blüten aus denselben Blättern hervor. Zwar zerstachen sich beide beim Abnehmen der Früchte an den langen, feinen Stacheln die Finger, aber dafür schmecken ihnen dieselben auch vortrefflich. Ihr säuerlich süßer Geschmack stillte gleichzeitig ihren Hunger und Durst, die Wüste hatte sie genährt, wie eine Mutter, sie konnten gestärkt weiter wandern. Die Kaktussträucher schienen immer höher sich übereinander zu türmen, denn das Terrain, aus welchem die Kinder fortschritten, stieg allmählich aber andauernd. Noch ein Mal sandten sie von einer kleinen Anhöhe aus ihre Blicke rückwärts und erblickten Anaheim mit seinen Häusern und Hütten nur noch ganz verschwommen in der Ferne, wie einen Ameisenhaufen oder einen Kaktusstrauch winzig, in der Steppe liegen. Von dem Cirkus war keine Spur zu entdecken.

Sie gingen nun mit großer Ausdauer stundenlang den Bergen zu, welche in immer deutlicheren Umrissen ihnen entgegen traten. Die Gegend fing an eine neue Gestalt anzunehmen. Zwischen den Kaktusbüschen fanden sich immer häufiger andere Straucharten, zuweilen auch schon vereinzelt Bäume. Sie betraten den bewaldeten Teil des Vorgebirges von Santa-Ana. Orso brach einen kleineren Baum mitten durch, befreite die obere Hälfte von ihren Ästen und schuf sich auf diese Weise eine mit Knorren besetzte Keule, welche in seiner Hand zu einer gefährlichen Waffe werden konnte. Der angeborene Instinkt des Indianers lehrte ihn, daß selbst eine solche Waffe besser sei, als nichts, besonders, da die Sonne bald untergehen mußte. Sie schwebte, nur noch eine große feurige Kugel, weit drunten, hinter Anaheim und mußte gleich im Ocean versinken.

Einen Augenblick später versank sie in der Tat und hinterließ von ihrem Glänze nur rote, goldene und rosige Schimmer, welche sich in allen Farbennuancen, wie herrliche breite und lange Bänder am ganzen Himmel heraufzogen. Die Berge vergrößerten sich in diesem Glänze und die Kaktussträucher nahmen in dem beginnenden Dämmerlicht verschiedene Menschen- und Tiergestalten an.

Jenny fühlte sich ermüdet und schläfrig. Trotzdem schritten sie rüstig den Bergen zu, ohne daß sie es selbst wußten, rein mechanisch. Endlich halten sie steile Felsen vor sich, und als sie dieselben erreicht, entdeckten sie einen sprudelnden Quell. Nachdem sie davon getrunken, gingen sie seinem Laufe nach. Die Felsen, welche anfangs vereinzelt dagestanden, nahmen allmählich die Formen fortlaufender Mauern an. Die Wände wurden immer höher, zuletzt betraten die Kinder einen Engpaß.

Das Abendrot war erloschen; vollständige Dämmerung hüllte die Erde ein. Stellenweise, wo die Stämme und Kronen der Lianen sich von einer Seite des Engpasses zur anderen hinüberwarfen und über dem Bach eine grüne Wölbung bildeten, war es ganz finster und unheimlich. Man hörte unten das Rauschen der Blätter in den Bäumen oben, welche von unten nicht gesehen werden konnten.

Orso erriet, daß sie jetzt in demjenigen Teile der Wüste sich befanden, wo wilde Tiere und Raubvögel ihre Wohnungen aufzuschlagen pflegen. Von Zeit zu Zeit drangen bereits verdächtige Laute an sein Ohr und als die Nacht herabgesunken war, unterschied er deutlich das heisere Gebell des Luchses, das Brüllen des Kuguar und das weinerliche Gewinsel der Kujoten.

»Fürchtest Du dich, Elfe?« frug Orso.

»Nein!« antwortete das Mädchen.

Aber sie war sehr müde und konnte nicht mehr weiter gehen. Orso nahm sie auf seine Arme und trug sie. Ihn trieb die Hoffnung vorwärts, daß er endlich doch zu irgend einem Ansiedler, oder an mexikanische Zelte gelangen würde. Einige Male war ihm, als sähe er die funkelnden Augen eines Raubtieres in der Ferne vor sich. Er drückte dann Jenny, welche schon eingeschlafen war, mit einer Hand fester an seine Brust, während die andere die Keule in Kampfbereitschaft hielt. Aber auch er wurde müde. Trotz seiner Riesenstärke wurde Jenny ihm schwer, besonders, da er sie auf dem linken Arme trug, um den rechten Arm zum Schutz frei zu halten. Er geriet außer Atem, mußte Minuten lang stehen bleiben um Luft zu bekommen, die Beine zitterten ihm und drohten, ihre Dienste zu versagen. Trotz alledem raffte er sich auf, schritt weiter, weil er fürchtete, daß auch er einschlafen werde, wenn er sich setzte, und dann leicht mit Jenny von einem wilden Tiere angegriffen werden könne.

Plötzlich hielt er wieder an und horchte aufmerksam in die Finsternis hinein. Es war ihm, als hätte er das Klingen von Glocken gehört, wie die Ansiedler sie ihren Rindern und Ziegen zur Nacht umzuhängen pflegen, damit sie sich nicht verlaufen.

Als er jetzt eilig vorwärts strebte, gelangte er bald an eine Biegung des Baches. Das Klingen der Glocken wurde immer vernehmlicher, endlich gesellte sich ihm auch das Gebelle von Hunden zu. Jetzt war Orso sicher, daß sie sich ganz in der Nähe einer Ansiedelung befanden. Es war für ihn die höchste Zeit, denn nach den Aufregungen, Leiden und Kämpfen des vergangenen Tages waren seine Kräfte vollständig erschöpft.

Noch eine Biegung des Baches, da sah er Lichtschimmer vor sich. Im Vorwärtsschreiten konnte sein scharfes Auge bald auch Gegenstände unterscheiden. Unweit brannte ein Feldfeuer, neben welchem ein Hund, dessen Kette an einem Pfahl befestigt war, in wilden Sprüngen hin und her sich bewegend, laut bellte und endlich neben dem Hunde und dem Feuer ein Mann, auf einem Steine sitzend.

Wolle Gott, daß dieser ein Mann aus »dem guten Buche« Jennys sei, dachte er. Nun beschloß er, das Mädchen zu wecken. »Elfe« – rief er – »erwache, wir wollen essen.«

»Was gibt es?« fragte Jenny schlaftrunken, »wo sind wir Orso?«

»In der Steppe«, antwortete er.

Sie ermunterte sich völlig. »Was ist das dort für ein Licht?« frug sie wieder.

»Dort wohnt irgend ein Mensch. Er wird uns zu essen geben.« Der arme Orso war sehr hungerig geworden.

Inzwischen waren sie dem Feuer ganz nahe gekommen. Der Hund riß immer heftiger an seiner Kette und bellte immer lauter. Der Mann, welcher am Feuer saß, legte die Hand über die Augen und sah scharf in die Finsternis. Nach einer Weile frug er: »Wer ist da?«

»Wir sind es« – antwortete Jenny mit ihrem feinen Stimmchen – »und wir sind sehr hungrig.«

»Tretet näher!« – sagte der Alte.

Als sie beide aus dem Dunkel, in welches sie bisher gehüllt gewesen, Hand in Hand heraus in den Lichtkreis des Feuers traten, war ihr Anblick dem alten Hirten so seltsam und überraschend, daß er sie erstaunt erst eine Weile anstarrte und dann aufspringend ausrief:

»*What is tat?*«

Das, was er sah, war in den fast menschenleeren Bergen Santa-Anas tatsächlich so merkwürdig, daß ein jeder sich über die Erscheinung der beiden gewundert haben würde. Orso und Jenny, sie beide waren ja in ihren Cirkuskostümen.

Das schöne, liebliche Mädchen, in rosa Trikot und kurzem Röckchen, welches da, im Scheine des Feuers so plötzlich vor dem Alten stand, sah aus wie ein Phantasiegebilde, eine Elfe, im wahren Sinne des Wortes. Hinter ihr der Knabe mit den außergewöhnlichen quadratischen Formen, ebenfalls in fleischfarbenen Trikot gekleidet, aus welchem die Muskeln wie Knorren an einer Eiche hervortraten, bildete den schroffsten Gegensatz zu der Elfe.

Der alte Hirt starrte sie noch immer mit weit aufgerissenen Augen an.

»Wer seid ihr denn?« – frug er endlich verwirrt.

Die kleine Frauengestalt hielt es für angemessen an Orsos Stelle zu antworten, da sie die Gewandtere im Reden war. Sie begann also zu plaudern:

»Wir sind aus dem Cirkus, lieber Herr!« – sagte sie. »Herr Hirsch hat den armen Orso so sehr geschlagen, dann wollte er mich schlagen. Das duldete Orso natürlich nicht, er schlug dann den Herrn Hirsch und seine vier Mohren ganz kurz, aber jämmerlich und dann sind wir entflohen in die Wüste und sind lange durch die Kaktusfelder gegangen. Ich schlief ein und Orso trug mich auf seinen Armen und dann sind wir hierher gekommen und wir haben großen Hunger.«

Das Gesicht des alten Einsiedlers erhellte sich allmählich; die gutmütigen Augen ruhten mit gütigem Blick auf den Ankömmlingen. Mit väterlichem Wohlwollen streichelte er das Haar des Mädchens, welches so anmutig und schön, sich beeilt hatte, fast in einem Atemzuge ihre und des Gefährten Schicksale zu erzählen.

»Wie heißest Du, Kleine?« – frug er.

»Ich heiße Jenny« – antwortete sie zutraulich.

»Also, sei willkommen Jenny! und auch Du, Orso! Ich sehe sehr selten Menschen.«

»Komm zu mir Jenny«, – sagte er weiter.

Die kleine, zierliche Gestalt besann sich nicht lange; sie legte beide Arme um den Hals des Greises und küßte ihn herzlich. Er kam ihr vor, wie Einer aus dem »guten Buche.«

»Und wird Herr Hirsch uns hier auch nicht finden?« frug sie, ihn loslassend.

»Er findet höchstens eine Kugel bei mir!« entgegnete der Alte. Und nach einer Weile setzte er hinzu: »Ihr sagtet, daß ihr Hunger habt?«

»O, großen Hunger!«

Der Hirte ging zum Feuer, wühlte einen Augenblick in der Asche und zog bald eine prächtige Hirschkeule aus derselben, deren Duft sich sofort ringsum verbreitete. Dann setzten sich alle Dreie zum Essen.

Die Nacht war herrlich. Hoch über dem Engpaß zog der Mond am Himmel herauf, im Dickicht begannen die Vögel in süßen Tönen ihr Lied zu singen, das Feuer knisterte fröhlich und Orso knurrte vor Freude. Er und Jenny, sie aßen beide, als würden sie bezahlt dafür. Nur der alte Einsiedler konnte nichts essen. – Wer weiß warum, – aber wenn er Jenny ansah, standen ihm die Augen voll Tränen.

Vielleicht hatte er früher auch eine Tochter gehabt, die von ihm fort in die Welt gegangen: er sah so selten Menschen in dem öden Berglande – vielleicht erblickte er in Jenny das Ebenbild einer lieben Toten, – sein Enkelkind.

Von da ab lebten die drei Menschen zusammen.

An der Quelle

Noch gestern war ich Student und mein Diplom als Doktor der Philosophie ist noch ganz neu – sozusagen nicht trocken – das ist wahr. Ich bekleide weder eine Stellung noch bin ich ein reicher Mann. Mein ganzes Vermögen besteht in einem kleinen Hof mit Garten und ein paar hundert Rubel Einkommen – ich kann daher begreifen, daß man mir Tolkas Hand versagte – aber ich verstehe nicht, weshalb man mich dabei so nichtachtend behandelte.

Warum eigentlich? Was habe ich ihnen denn getan? Ich brachte ihnen ein ehrliches, offenes, von wahrhafter Liebe erfülltes Herz entgegen und bat: »Gebt sie mir; ich will euch der beste und bis zum Tode dankbarste Sohn sein – Tolka aber will ich mein Leben lang auf Händen tragen, sie lieben und behüten.«

Es mochte freilich wohl ziemlich albern geklungen haben, als ich mit heiserer, stockender und nach Luft ringender Stimme das alles sagte. Aber ihr mußtet doch wissen, daß meine ganze Seele in meinen Worten lag, daß ein Gefühl aus mir sprach, wie man es heutzutage in der Welt nicht wieder findet.

Wenn es schon beschlossene Sache bei euch war mich abzuweisen, warum tatet ihr es dann nicht, wie gute Menschen, die ein warmfühlendes dem Mitleid zugängliches Herz haben, warum mußtet ihr mich so schwer beleidigen?

Ihr, die ihr Christen seid, Idealisten sein wollt, konntet ihr denn wissen, was ich tun würde, nachdem ich euch verlassen nach solch' einer schmachvollen Absage.

Warum nur habt ihr mich nicht wenigstens eine Sekunde lang bedauert? Bin ich denn nicht auch ein Geschöpf Gottes, wert zu leben und würdig behandelt zu werden? Bin ich denn nicht zu gut, um mit Füßen getreten zu werden und ist es nicht unwürdig, so an einem Menschen zu handeln, wie ihr es getan? Vielleicht wäre ich ohne euer Dazwischentreten noch ein Mensch von Bedeutung geworden. Einer, der in der Welt etwas vorstellt. Ich bin noch jung, das ist wahr, kaum sind meine Studien beendet, noch bin ich ohne Anstellung – das alles ist Tatsache – aber ich habe die Zukunft vor mir und wahrhaftig – ich begreife nicht, weshalb ihr sie mir vernichtet habt.

Ich sehe sie noch vor mir, euere eifrigen Mienen, euere sittliche Empörung und euer verächtliches Achselzucken bei meiner Bitte. Vor wenigen Tagen noch hätte ich nicht geglaubt, daß dieselben Menschen, die mir so liebevoll entgegen kamen, heute in dieser Weise mit mir umzugehen im stande sein könnten. – »Wir haben Sie für einen ehrlichen Menschen gehalten, mein Herr, Sie aber haben uns hintergangen, unser Vertrauen mißbraucht!« – das waren die Worte, welche mich trafen wie ein Peitschenhieb ins Gesicht. Einige Augenblicke vorher hatten sie mir so herzlich und sichtlich erfreut zu meinem Diplom gratuliert, als wäre ich ihr Sohn. Erst, als ich ihnen sagte, was mich angespornt hatte zu eifrigem Schaffen, was mir Freudigkeit zur Arbeit gegeben, da verschwand der Ausdruck der Herzlichkeit aus ihren Gesichtern, das wohlwollende Lächeln machte einem höhnischen Platz. Eiseskälte schien von ihnen auszugehen und nun erst erfuhr ich, daß ich ehrlos gehandelt, daß ich ihr Vertrauen getäuscht. Man hatte mir das in einer so überzeugenden Weise gesagt, mich dabei so heruntergerissen, daß ich eine Zeit lang selbst glaubte, eine ehrlose Handlung begangen, jemandes Vertrauen mißbraucht zu haben.

Aber, wie sollte das geschehen sein? Was war das? Wer hatte hier hintergangen, wer war der Hintergangene, wem fiel hier die Rolle des Elenden zu? Entweder bin ich vollständig verrückt geworden, oder es liegt etwas recht Schlechtes in dem Umstände, daß ich jemanden so wahrhaft liebe, ihm Leben, Gut und Blut und alle Arbeit weihen will. Doch nein! das ist nichts Schlechtes! Wenn Euere Empörung echt war, wer ist dann der Dumme in diesem Falle?

Ach! – und auch in Dir habe ich mich getäuscht. Du, auf die ich so fest vertraut habe!«

Die Eltern sagten mir: »Wir sind überzeugt, daß unsere Tochter Ihnen niemals Veranlassung gegeben hat einen solchen Schritt zu tun.«

Ich mußte zugeben, daß wir von unserer Liebe zu einander noch nicht gesprochen haben, ich aber weiß, daß ihre Tochter mich liebt. Als dann diese Tochter erschien, da leugnete sie mit der bodenlosen Gewandtheit eines wohlerzogenen Fräuleins, indem sie mit niedergeschlagenen Augen und leiser Stimme hervorstotterte: »Ich verstehe gar nicht, wie der Herr auf einen solchen Gedanken kommen konnte.«

»Du verstehst es nicht? Höre mein Fräulein Tolka: Du hast mir zwar nicht gesagt, daß Du mich liebst – das ist wahr! Ich habe keine Liebesversicherung mit Deiner Namensunterschrift, und wenn ich sie hätte, würde ich sie niemanden zeigen. So viel aber weiß ich: es gibt eine Gerechtigkeit, es gibt ein höheres Tribunal dort oben hoch über den Wolken und tief drinnen im menschlichen Gewissen, vor welchem Du einst wirst bekennen müssen – ich habe diesen Menschen hintergangen, ich habe ihn verleugnet, ihn der Demütigung und dem Unglück preisgegeben.

Hattest Du zu wenig Mut, Deine Liebe zu bekennen. oder bist Du eine herzlose Kokette, mich so fürchterlich zu täuschen? Ich zerbreche vergebens meinen Kopf über diesem Rätsel, ohne es lösen zu können.

Ich liebe Dich ja noch, will Dir nichts böses wünschen. Dir keinen Vorwurf machen, aber siehe – wo es sich um Tod oder Leben eines Menschen handelt, da muß man den Mut besitzen, für das Recht und seine Liebe einzutreten, dann muß der Mut größer sein als die Menschenfurcht. Im anderen Falle, wo die Furcht überwiegt, macht man sich schuldig, einem mühsam aufgerichteten Bau das Fundament zu untergraben, so daß das Gebäude zusammenstürzt und den Armen, der unter tausend Mühsalen die Bausteine zusammengetragen, unter seinen Trümmern begräbt. So geschah mir! Im blinden Glauben an Deine Liebe baute ich das Gebäude meiner Zukunft. Jetzt erkenne ich, daß es auf Sand gebaut war, denn Dir fehlte der Mut, es zu stützen und vor die Wahl gestellt zwischen die üble Laune Deiner Eltern und meiner Vernichtung, wähltest Du das letztere und begrubst mich unter dem Zusammensturze meiner Hoffnungen.

O, wärest doch Du mir geblieben, so wie ich Dich kannte, als mein Schifflein zerschellte am Willen Deiner Eltern, so wäre es mir leichter, mein Geschick zu tragen, mir wäre ein Trost, eine Hoffnung geblieben. Weißt Du denn nicht, daß alles was ich tat, seit Jahren arbeitete, dachte und erstrebte, für Dich, durch Dich geschah? Ich arbeitete wie ein Lasttier, durchwachte lange, zahllose Nächte, errang etliche Preismedaillen und Diplome, und das alles mit dem Gedanken an Dich. In Dir lebte, atmete, mit Deinen Gedanken dachte ich. Und nun? Öde, Wüste umgibt mich; eine hohle Leere grinst mich an, voller Trauer und Betrübnis. Mir ist nichts, rein gar nichts geblieben.

Wie gern wüßte ich, ob Du wohl nur ein einziges Mal an eine solche Möglichkeit denken wirst, ob Dir nicht einst die Erkenntnis dessen kommt, was Du gesündigt.

Doch wie kann ich nur zweifeln. Deine so verständigen Eltern werden Dir begreiflich machen, daß ich nur ein Student, ein dummer exaltierter Mensch sei, frech genug, seine Augen zu Dir zu erheben.

Ja, wenn ich doch nur noch einmal ein Student wäre, so könnte ich mit Shylock antworten:

»Sind wir denn nicht auch Menschen wie Ihr?« Fließt denn nicht auch Blut, unser Blut, wenn Ihr uns mit Nadelstichen zu töten strebt und wenn Ihr Unrecht an uns übel, strömen dann nicht auch Tränen aus unseren Augen?

Doch das ist einerlei. Wer, oder was auch Einer sei; es ist nicht erlaubt ihn zu peinigen. Gleichviel, ob ich ein Dummkopf, ein Exaltierter bin, oder nicht, es hat niemand das Recht, sich über meine Albernheit zu amüsieren, sie zu verhöhnen.

Wie gut ist es doch, daß unsere jetzige Weltordnung, dieser große seelenlose Bau, der nur zusammengesetzt ist aus Dummheit, Lüge und Hypokrasie, schon Sprünge hat und dem Zerfall naht; es wäre unmöglich mit ihr zu leben.

Ich habe jetzt viel Zeit, bin niemandem zu Lust und niemandem zu Leid, Doktor der Philosophie, stelle als solcher Betrachtungen an über menschliche Verhältnisse und allgemeine Zustände, welche sich während der letzten Tage frisch und mit seltener Gründlichkeit in meinen Gesichtskreis gedrängt haben. Euch Menschen, Euch, den sogenannten Vernünftigen möge es genügen, das dürre Wort, die einfache Benennung eines Gegenstandes, einer Handlung. Daß jemand, irgend einer, durch jenen oder diese zu Grunde geht, was kümmert es Euch?

Exaltation! Welchen Trost kann mir dieses Wort aus Euerem Munde gewähren, wenn es mir doch die heftigsten inneren Schmerzen verursacht? Was kann mir ein ganzes Wörterbuch voll Bemerkungen meiner guten oder schlechten Eigenschaften nützen, wenn sie nur ein Hindernis sind, das Ziel meiner Sehnsucht zu erreichen?

Ihr sprecht das Recht des Daseins Allem ab, was Euere abgestumpften Sinne nicht erfassen und begreifen können. Sobald Euere Zähne aus den zusammengeschrumpften Kinnladen ausgefallen sind, hört ihr auf, an das Dasein von Zahnschmerzen zu glauben. Rheumatismus dagegen ist bei Euch Etwas sehr faßbar, ernst hast Bestehendes, weil er euch im Alter Schmerzen macht, die ihr fühlt, die Liebe aber nennt ihr Exaltation! So oft ich an jene Scene denke, fühle ich einen Doppelmenschen in mir. Der eine, der gestrige Student, welcher im Namen einer herannahenden neuen Zeit, mit der Keule zwischen die Ausgeburten menschlicher Bornirtheit dreinschlagen möchte, der andere, ein Mensch, innerlich so geknickt von der Schmach, die man ihm angetan, daß er bald fluchen, bald laut aufschluchzen möchte.

Ist es denn möglich, so noch weiter zu leben? Der ewige Widerspruch zwischen Reden und Handeln, zwischen Idealismus und Nützlichkeitstheorie, widert mich an. Wir gehen einer Zeit entgegen, welche uns zwingen wird, entweder unsere Handlungen mit den ausgesprochenen Grundsätzen in Einklang zu bringen, oder Grundsätze zu predigen, welche dem Zynischen unserer Handlungen nicht zuwiderlaufen.

Gott weiß, wie oft ich die Eltern Tolkas sagen hörte, daß der Reichtum allein nicht glücklich mache, daß Charakter wertvoller sei als Geld, daß ein reines Gewissen und reger Fleiß die höchsten Güter sind. Nun? Und ich habe, wie sie oft mir schmeichelten, Charakter, ich bin fleißig, habe ein ruhiges Gewissen, bin jung und liebe, dennoch haben sie mir die Türe gewiesen, wie einem, der keine Achtung verdient.

Ich bin überzeugt, wenn ich heute eine halbe Million gewänne, würden sie mir morgen die Tochter mit Freuden geben. Der Vater selbst würde zu mir kommen und mich bereitwilligst in seine Arme nehmen, so wahr Gott lebt!

Wer ein Kaufmann werden will, muß wenigstens rechnen können. Ihr nüchternen, prosaischen Menschen könnt nicht einmal das. Euere Nüchternheit, euere Vernunft führt Euch aus einer Enttäuschung in die andere. Hört ihr es! Ihr versteht nicht zu rechnen. Ich spreche nicht im Paroxismus, wenn ich das sage, meine Auseinandersetzung ist keine Absonderlichkeit. Die Liebe existiert, sie ist da, folglich muß sie anerkannt und nach ihrem vollen Werte geschätzt werden. Wenn ein talentvoller Mathematiker sie euch in Geld umrechnen könnte, würdet ihr staunen über solchen Reichtum. Sie ist eine ebenso positive, reale und unentbehrliche Macht im Leben, wie das Geld. Die Berechnung ist sehr einfach. Das Leben ist so viel wert, als Glück in ihm enthalten ist, und Glück ist ein ungeheueres Kapital, welches die Liebe unerschöpflich gestalten kann, also ist die Liebe das Glück! Diesem Glück gleich stehen Gesundheit und Jugend. Euch aber leuchten solch' einfache Dinge nicht ein. Ich wiederhole noch einmal, ihr versteht nicht zu rechnen! Bei Euch heißt es nur immer, eine Million ist eine Million wert, außerdem aber überwiegt sie in Eueren Augen alle anderen höchsten Güter des Lebens. Von diesem Irrtum befangen irrt Ihr in einer Welt umher, die Ihr euch selbst künstlich zurecht stutzt, seht alle Dinge in einer anderen, als ihnen eigentümlichen Proportion und täuscht Euch über ihren Wert. Ihr seid

Romantiker, jedoch Romantiker des Mammons, deshalb ist Euere Romantik eine versumpfte, schädliche, weil sie nicht nur das Glück anderer Menschen zerstört, sondern sogar dasjenige Eurer eigenen Kinder.

Tolka wäre glücklich mit mir gewesen; es wäre ihr gut ergangen! So aber, was wollt ihr mehr? Macht Euch selbst nur nicht glauben, daß sie selbst mich früher oder später verworfen hätte. Hättet Ihr durch die Erziehung, die Ihr ihr gabt, nicht jede Selbständigkeit, jede Willensäußerung, Aufrichtigkeit und Mut in ihr ertötet, so wäre ich jetzt nicht vereinsamt mit meinem wunden Herzen und dem peinigenden Kopfschmerz.

Es hat ihr niemand so tief in die Augen geschaut als ich, niemand kennt sie wie ich und niemand weiß bester als ich, was sie fühlt, was in ihr lebt und was sie wäre, wenn Ihr nicht ihre Seele vergiftet hättet.

Nun habe ich sie und mit ihr viele andere Dinge verloren, die zum Leben gehören wie das tägliche Brot, ohne welche man nicht leben, allerhöchstens vegetieren kann.

O Ihr, die Ihr meine Eltern nicht werden wolltet und Du, meine verlorene Braut! Zuweilen will ich mich selbst glauben machen, daß Ihr Euch keine Rechenschaft gebt von dem, was Ihr mir getan, denn tätet Ihr das, so würdet Ihr noch nach mir schicken. Es ist nicht möglich, daß Ihr kein Mitleid mit mir haben solltet.

Was nützen mir auch Vorwürfe? Das Recht ist auf meiner Seite. Alles was ich hier niedergeschrieben, ist die reine Wahrheit, aber diese Wahrheit vermag mir mein verlorenes Glück nicht wiederzugeben. In dieser Tatsache öffnet sich mir ein Abgrund, denn ich kann es nicht fassen, daß Recht und Wahrheit dem Einzelnen nichts nützen sollen. Mir nützen sie nichts, gar nichts. Die Welt soll doch genau so organisiert sein, wie der Menschengeist; woher also der Widerspruch? Wenn es anders wäre, so müßte man vom eigenen Gedankenwirbel leben? ich kann nicht weiter schreiben.

Nach langer Zeit nehme ich wieder die Feder zur Hand. Möge die Tatsache für sich sprechen, – ich will nur in schlichten Worten erzählen, was geschehen. Aufklärung kam mir erst nach einer langen Reihe von Ereignissen; ich will sie niederschreiben, wie sie auf einander folgten, noch ehe ich im stande war, ihre Ursache und ihren Zusammenhang zu begreifen.

Am Morgen nach jenem unglückseligen Tage kam der Vater Tolkas zu mir. Ich erstarrte bei seinem Anblick. Einen Augenblick lang verließ mich das Denkvermögen, mir scheint, daß ein solcher oder ein ähnlicher Zustand der Agonie vorhergehen muß. Er trat mir heiterem Gesicht in mein Zimmer und schon an der Schwelle streckte er mir beide Hände entgegen, während er sagte:

»Nun, wir haben eine schlechte Nacht gehabt – nicht wahr? Ich kann es mir denken, denn auch ich war einmal jung.«

Ich antwortete, ich begreife nichts! ich glaubte nur eine Vision zu haben, keineswegs einen lebenden Menschen, am wenigsten ihn vor mir zu sehen.

Er hatte inzwischen meine Hände ergriffen, sie geschüttelt, mich zum Sitzen gezwungen. Nachdem er sich mir gegenüber gesetzt hatte fuhr er fort:

»Kommen Sie zu sich, beruhigen Sie sich, wir wollen miteinander plaudern, wie gute Menschen. Glauben Sie denn, mein teurer Herr, daß Sie allein die letzte Nacht durchwacht haben? Wir haben ebenfalls nicht geschlafen. Als wir nach Ihrem Fortgange etwas zum Nachdenken kamen, da wurde uns so unbehaglich zu Mute, daß wir nicht aus noch ein wußten. So ist es aber! Wenn einem etwas recht Unverhofftes kommt, da verliert man den Kopf und verliert man erst den Kopf, so versteht man nicht Maß zu halten.

Offen gestanden, war es nicht nur ein unbehagliches Gefühl, welches uns beschlichen, sondern wir schämten uns auch unseres Benehmens Ihnen gegenüber.

Unser Kind floh auf ihr Zimmer und wir Alten machten es, wie eben alte Leute es machen, wir schoben immer einer dem anderen die Schuld zu, daß es so gekommen! Das liegt wohl so in der Natur des Menschen, daß er das Gefühl eigenen Schuldbewußtseins gern los werden möchte, indem er seine Schuld auf die Schultern anderer zu wälzen versucht.

Dann kam bei uns die Überlegung und das Bedauern. Wir sagten uns: »der junge Mann ist brav, talentvoll, er liebt, wie es scheint, unser Kind von ganzem Herzen; was zum Kukuk hat uns denn eigentlich so erschreckt bei seiner Werbung? Eines nur will ich zu unserer Entschuldigung anführen: Wenn Sie dereinst selbst einmal Vater sein werden, so werden Sie verstehen lernen, daß den Eltern für ihr Kind nichts gut genug ist. Glücklicherweise kam uns der Gedanke, daß dasjenige, was uns zu gering erscheint, für Tolka möglicherweise sehr wertvoll sein könne, deshalb beschlossen wir, sie auszuforschen und dem nachzuspüren, was in dem Herzen des Mädchens für Sie vorhanden. Wir ließen sie also holen und siehe da, – es war gut so, das Mädchen wurde Ihr beredter Anwalt, das muß ich sagen. Als sie uns dann, ihr Köpfchen auf unsere Kniee legend, mit den Armen dieselben umfassend, bat und sich innig an uns schmiegte, da wurden unsere Herzen weich ...«

Hier begann er selbst zu weinen; wir saßen eine Weile schweigend da. Was er gesagt hatte, hatte ich wie im Traume gehört. Es erschien mir märchenhaft, wunderbar – meine Qual begann einer leisen Hoffnung Platz zu machen. Dann, nachdem er seiner Rührung Herr geworden war, fuhr er fort:

»Gewiß haben Sie uns in Gedanken gesteinigt, nicht wahr? Und wir sind doch keine bösen Menschen, wenngleich heftig. Zum Beweise für unsere Gutmütigkeit sage ich Ihnen nun: »Wenn Sie der Liebe zu Tolka Ihren Groll gegen uns opfern wollen, so kommen Sie hierher.«

Bei diesen Worten breitete er seine Arme weit aus, ich aber sank an seine Brust wortlos, halb bewußtlos, glückbetäubt.

Meine Kehle war wie zugeschnürt, ich konnte keinen Ton hervorbringen, ja nicht einmal schluchzen konnte ich. Ich wollte sprechen, konnte aber nicht. Meine Seele hätte laut aufschreien mögen; in einem einzigen Schrei des Glückes, in einem Aufjauchzen innigster Dankbarkeit hätte sie sich Luft machen wollen, ich konnte es nicht. Plötzlich wie ein Donnerschlag war es gekommen, das Glück und so wie kurz vorher die Qual tiefster Trauer mich gepeinigt, so tat das Übermaß der Wonne, der Gedanke an den plötzlichen Wechsel meines Geschickes, meinem überreizten Gefühl fast wehe.

Der Vater Tolkas löste sanft meine Arme aus den seinen und mich auf die Stirne küssend, sagte er:

»Laß' es genug sein, mein Sohn! Ich habe von Deiner Liebe zu ihr nichts anderes erwartet. Laß' vergessen sein, was Dich kränkte und beruhige Dich!«

Als er aber sah, daß ich mich noch immer nicht zu fassen vermochte, begann er mich gutmütig zu schelten:

»So nimm Dich doch zusammen, sei ein Mann! Du zitterst ja wie im Fieber. Na aber, der kleine Wicht hat sich Dir ordentlich im Herzen eingenistet.«

»O sehr fest!« lispelte ich mit Anstrengung.

Der Vater lächelte:

»Seht, seht! und ich habe nicht gedacht, daß sie zu den stillen Wassern mit unergründlicher Tiefe gehört ...«

Meine unendliche Liebe zu Tolka schmeichelte ersichtlich seinem Vaterstolze: er freute sich und wiederholte lächelnd:

»O die Schlaue, die Schlaue!«

Mir wurde plötzlich zu Mute, als müsse in meinem Kopfe etwas zerspringen, wenn wir noch länger im Zimmer blieben. Ich mußte hinaus. In allen gewöhnlichen Fällen vermochte ich mich gut zu beherrschen. Der Sprung vom namenlosen Leid zur namenlosen Freude war aber zu gewaltig. Ich mußte, um vollständig mein Gleichgewicht der Seele wieder zu erlangen, durchaus hinaus in's Freie, in das Gewühl der Menge, vor allem aber war es notwendig, daß ich Tolka zu sehen bekam, daß ich mich überzeugen konnte von ihrem Dasein auf Erden, dann erst konnte ich glauben, das Erlebte sei kein Traum, sie sollte wirklich die Meine werden.

Ich bat den Vater, gleich mit mir zu ihr zu gehen.

Er erklärte sich sofort bereit, indem er sagte:

»Denselben Vorschlag wollte ich eben machen, denn bei uns daheim wird ein gewisser jemand sich auch schon das Näschen an der Fensterscheibe plattdrücken und die Augen ausgucken. Du wärest ohnehin nicht im stande, jetzt von geschäftlichen Dingen zu sprechen, davon später; gehen wir also!«

Wenige Augenblicke später befanden wir uns unterwegs. Anfangs blickte ich die Menschen, die Häuser und Fuhrwerke an wie einer, der nach einer langen Krankheit zum ersten Male wieder in die Stadt geht – mir ward schwindelig. Allmählich brachten mich die Bewegung und die frische Luft zu mir selbst. Ich konnte dann wieder denken, aber alle meine anderen Gedanken, die sich mir ausdrängen wollten, wurden von dem einen beherrscht: »Tolka liebt dich, gleich wirst du sie wiedersehen!« Das Blut hämmerte in meinen Schläfen: ich fühlte die einzelnen Schläge – wahrhaftig – es war nötig, einen Reifen um meinen Kopf zu legen, damit er nicht springe. Noch vor einer Stunde dachte ich ganz bestimmt, Tolka niemals wiedersehen zu dürfen, oder allenfalls einmal später irgendwo als das Weib eines Anderen. Nun ging ich zu ihr, um ihr zu sagen, daß sie die Meine werden dürfe; ich ging zu ihr, weil sie zuerst die Arme nach mir ausgestreckt, mich gerufen hatte. Gestern hatte ich sie eine gedankenlose Puppe genannt, während sie zu den Füßen der Eltern für uns beide gebetet hatte. Mein Herz war erfüllt von Reue und

Rührung, von dem Gedanken, daß ich ihrer nicht wert sei. Ich schwor im Stillen, daß ich es ihr lohnen wollte, daß jede ihrer gestern vergossenen Tränen vergolten werden sollte durch innigste Zuneigung und Selbstverleugnung. Andere macht die Liebe blind; bei mir kann das nicht geschehen, denn für meine Tolka sprechen ihre Handlungen. Sie hat allein das Wunder vollbracht, welches mich so glücklich macht. Ich tat ihr Unrecht – auch ihren Eltern. Wenn sie diejenigen wären, für die ich sie hielt, Hütten sie sich nicht erbitten lassen, nicht diese engelgleiche Schlichtheit an den Tag gelegt, mit welcher der Vater zu mir kam und sagte: »Wir haben gefehlt, nimm sie!« Weder Eigenliebe noch konventionelle Rücksichten vermochten ihn von diesem Schritte abzuhalten. Mir fielen jetzt seine Worte ein: »Du hast uns in Gedanken wohl gesteinigt und wir sind doch gute Menschen, wenn auch heftig.«

Dieses schlichte Bekenntnis verursacht mir jetzt große Pein, um so größere da ich gestern so schlecht von ihnen dachte. Kein Wort weiter, keine pathetische Phrase, nur ein scherzhaftes Lächeln, das war alles. Während ich jetzt darüber nachdachte, konnte ich nicht länger an mich halten; ich ergriff die Hand des Vaters und zog sie an meine Lippen.

Da lächelte er wieder mit gutmütiger Freundlichkeit und sagte: – Es war immer unser Wunsch, daß unser Schwiegersohn uns lieben muß: wir, meine Frau und ich, sprachen oft darüber.

Ihr Wunsch ist nun erfüllt, denn lange vorher, ehe ich ihr Schwiegersohn werde, liebte ich sie, wie ein eigener Sohn nur seine Eltern lieben kann.

Da ich sehr schnell ging, begann der Vater mich zu necken. Er pustete, gab vor, so atemlos zu sein, daß er mir nicht folgen könne und klagte über große Wärme.

In der Tat schien seit gestern der Winter sein Regiment abgegeben zu haben. Ein lauer Wind kräuselte das Wasser im Teich des Stadtgartens, die Natur erwachte zu neuem Leben, der Frühling hielt Einzug. Endlich standen wir vor der Wohnung Tolkas. Es schlüpfte etwas vom Fenster hinweg in das Innere des Zimmers, ich konnte aber nicht erkennen, ob es Tolka war. Aus der Treppe bekam ich heftiges Herzklopfen. Mir bangte vor der Begegnung mit der Mutter. Wir durchschritten das Speisezimmer und fanden sie im Salon. Bei unserem Eintritt erhob sie sich, näherte sich mir schnell und streckte mir die Hand entgegen, welche ich ehrfurchtsvoll und dankbar küßte, dann flüsterte ich kaum hörbar:

»Womit habe ich soviel Güte verdient ...«

»Verzeihen Sie uns unsere gestrige Absage« sagte sie. Wir haben uns nicht sogleich klar machen können, daß Tolka eine größere Liebe und Treue, wie die Ihre, in der ganzen Welt nicht finden könnte.« – »O, das ist wahr!« – rief ich begeistert aus.

»Und da uns vor allem das Glück unseres Kindes am Herzen liegt, so willigen wir ein, sie Ihnen zu geben ... ich kann nur hinzufügen: »Gott segne Euch!«

Während sie das sagte, nahm sie meinen Kopf in ihre Hände und streichelte meine Stirne. Dann wandte sie sich der Türe zum Nebenzimmer zu und rief:

»Tolka! Tolka!«

Und nun trat sie herein, sie, mein liebstes in der Welt, mit bleichen Wangen und vom Weinen geröteten Augen. Kleine Löckchen losgelösten Haares flatterten um ihre Stirne; sie war tiefbewegt und verlegen, wie ich.

Wie es kam, daß nichts von dem, was in ihr vorging und nichts von ihrem Äußeren mir in jenem Augenblick entging, – davon kann ich mir keine Rechenschaft geben. Ich weiß nur, daß ihre tränengefüllten Augen, die Tropfen, die so schwer an den Wimpern hingen, die zuckenden Lippen, mich tief rührten. Als sie dann die Augen aufschlug, brach ein Freudenstrahl durch die Tränen, ein schwaches Lächeln flog um ihren Mund. Einen Augenblick stand sie unbeweglich mit schlaff herabhängenden Armen, ohne zu wissen, was sie tun sollte.

Jetzt wandte sich der Vater, welcher immer besser gelaunt wurde, ihr zu und sagte achselzuckend:

»Ha! Guter Rat ist nun teuer! Er ist einmal beleidigt, hat uns auf den Zahn genommen, kurz, er will Dich nicht mehr.«

Blitzschnell wandte sie sich um, maß mich mit einem langen Blick, dann warf sie sich dem Vater an die Brust.

»Nein, das kann nicht sein, das glaube ich nicht«, rief sie.

Hätte ich dem heftigen Drange nachgegeben, welcher mich trieb, so wäre ich ihr zu Füßen gefallen. Wenn ich es nicht tat, so geschah es aus Mangel an Mut und weil ich fast ohne Besinnung war. So viel Fassung jedoch bewahrte ich mir, daß ich die Tränen, welche mir aus den Augen zu stürzen drohten, mit Gewalt zurückdrängte. Der gute Vater kam uns wieder zu Hilfe. Er befreite sich aus der Umarmung Tolkas, schob sie scheinbar ärgerlich zurück und schalt: »Wenn Du mir nicht glauben willst, so frage ihn doch selber.«

Er drängte sie nach mir hin. Mir war, als öffne sich der Himmel vor mir. Ich faßte ihre Hände, küßte und küßte sie immer wieder. Wie oft hatte ich mir früher diesen Augenblick in Gedanken ausgemalt, wie wenig aber entsprachen die Gebilde meiner Phantasie der seligen Wirklichkeit! Meine Liebe glich bis daher einer im Dunkel eingeschlossenen Pflanze; sie war jetzt plötzlich in helles Licht versetzt, man gestattete ihr, sich zu entfalten in der Wärme und unter den Strahlen der Sonne des Glückes, sie durfte ungehindert genießen aus dem Quell der Güte und Freude. O, es ist etwas gewaltig Verschiedenes zwischen der Liebe, die sich schüchtern verschließen muß und derjenigen, welche das Recht hat öffentlich Besitz zu ergreifen von dem geliebten Gegenstande, Ich hätte das bisher nie zu fassen vermocht.

Nachdem die Eltern uns ihren Segen gegeben, verließen sie uns und überließen uns uns selbst, damit wir uns aussprechen konnten. Aber statt zu sprechen, blickte ich sie eine lange Weile ganz verzückt an und erfreute mich an dem Ausdruck ihres lieben Gesichtes, welcher unter meinem Blick wechselte. Dunkle Röte bedeckte ihre Wangen, die Mundwinkel zuckten, ein zaghaftes, verschämtes Lächeln verschönte ihre Züge, die Augen umflorten sich, das Köpfchen zog sich scheu zwischen die Schultern zurück, zuletzt senkten sich ihre Augenlider, als erwarte sie, daß ich zu sprechen ansauge.

Endlich saßen wir nebeneinander Hand in Hand am Fenster. Bis jetzt war sie für mich ein körperloses, von mir getrenntes, geliebtes Wesen gewesen, ein mir unendlich teurer, wunderschöner Name ohne irdische Persönlichkeit.

Jetzt, wo wir einander so nahe saßen, daß ihre Schulter die meinige berührte, als ich ihren warmen Atem spürte, griff eine gewisse Verwunderung in mir Platz, daß sie eine so wirklich reale Persönlichkeit war. Eigentlich weiß man das doch, aber man fühlt es erst, wenn man in direkte Nähe und Berührung mit dem von uns geliebten Gegenstande kommt.

Ich sah so voll Bewunderung ihr Gesicht, ihre Augen, den Mund, das hellblonde Haar und die noch helleren Augenbrauen, als sähe ich das alles zum ersten Male heute und ich berauschte mich an ihrem Anblick. Niemals vorher hatte ein weibliches Antlitz so sehr meinen Vorstellungen und Träumen von weiblicher Schönheit entsprochen, niemals mich eines so mächtig angezogen wie dieses. Und wenn ich dann dachte, daß alle diese Schätze mir gehören sollten, ja schon mein waren, daß sie in Zukunft mein höchstes Gut sein würden, da schwindelte mir.

Endlich fing ich an zu sprechen. Mit fieberhafter Erregung erzählte ich, wie ich sie vom ersten Augenblicke an geliebt, wo ich ihr – vor anderthalb Jahren – in Wielitschka in Gesellschaft einer großen Menge mir völlig fremder Menschen begegnet war, wo ihr unwohl geworden in der tiefsten Tiefe der Salinen und ich zum See nach Wasser eilte. Ich erinnerte sie daran, daß ich am nächsten Morgen bei ihren Eltern einen Besuch machte, von welchem ich vollends, bis über die Ohren verliebt, heimkehrte.

Soviel ich annehmen konnte, wußte sie das alles noch ganz gut, trotzdem hörte sie mir lächelnd und mit gespannter Aufmerksamkeit zu, zuweilen warf sie mit leiser Stimme verschiedene Fragen und Bemerkungen dazwischen. Ich sprach noch lange! zuletzt sogar weniger albern, als ich je gehofft hatte, in solchem Falle es zu können. Wie sie mir nachher das einzig erstrebenswerte Ziel gewesen, der Wunsch sie zu erringen, die Triebfeder zum Weiterstreben geworden, wie unbeschreiblich unglücklich ich noch gestern gewesen, wo ich mir sagen mußte: »Alles ist vergebens, alles verloren, da ich sogar den Glauben an sie verloren hatte.«

»Auch ich war sehr unglücklich«, sagte sie dann. Ach, es ist wahr, im ersten Augenblick vermochte ich kein Wort hervorzubringen zu unseren Gunsten, später gab ich mir Mühe, alles wieder gut zu machen.«

Wieder schwiegen wir eine Weile. In mir begann wieder der Kampf zwischen meiner Schüchternheit und dem Wunsche sie zu küssen. Zuletzt raffte ich mich auf und frug auf die denkbar unbeholfenste Weise, lallend wie ein Idiot, ob sie mich auch ein wenig liebe.

Eine Weile mühte sie sich ab, eine Antwort hervor zu bringen, als sie das nicht zu Wege bringen konnte, stand sie auf und entfernte sich, um nach wenigen Augenblicken zurückzukehren. Sie setzte sich wieder neben mich und zeigte mir eine Zeichnung von ihrer Hand; es war mein Porträt.

»Ich habe das aus dem Gedächtnis gezeichnet«, sagte sie erklärend.

»Sie?« fragte ich.

»Aber es ist außer dem Porträt noch etwas auf dem Blatte«, fuhr sie fort »dort am Rande«, sie wies mit dem einen Zeigefinger auf die bezeichnete Stelle.

Jetzt erst sah ich an einer Seite, ganz dicht am Rande und ganz klein geschrieben die drei Buchstaben: *J. v. a.*

»Dies wird französisch gelesen«, flüsterte sie.

»Französisch?« frug ich erstaunt.

Meine grenzenlose Naivetät ließ mich noch immer nicht erraten, was die Buchstaben bedeuten sollten, bis sie selbst anfing: *Je vous ...*

Plötzlich verbarg sie ihr Gesicht in den Händen und beugte sich so tief hernieder, daß ich die kurzen Härchen sehen konnte, welche ihr in das Genick herabfielen. Nun endlich erriet ich und klopfenden Herzens wiederholte ich:

»*Je vous aime!* Und jetzt ist es uns erlaubt zu lieben?«

»Jetzt ist es erlaubt«, rief auch sie lachend und freudestrahlend während sie aufstand ...

»Und man muß«, setzte sie hinzu.

In diesem Augenblick wurden wir zum Frühstück gerufen. Ich aß ohne zu wissen, was ich genoß.

Der Mensch ist mit nichts so schnell vertraut, als mit dem Glück. Alle meine letzten Erlebnisse glichen auf ein Haar einer Reihe auf einander folgender Wunder, dennoch erschien es mir wie etwas ganz Selbstverständliches, daß Tolka meine Braut sei. Ich betrachtete die Tatsache als etwas mir Gebührendes und zwar gerade darum, weil niemand sie so liebte wie ich.

Allmählich sprach es sich in der Stadt herum, daß ich mich verlobt hätte, man begann mir zu gratulieren. Einige Tage darauf fuhr ich mit Tolka und ihren Eltern nach außerhalb der Stadt spazieren, es war nur natürlich, daß wir gesehen wurden. Die Ausfahrt ist mir noch lebhaft in Erinnerung. Tolka sah in ihrem *Coutre*-Paletot und einem ebensolchen Barett aus wie ein Märchen, denn ihr durchsichtiger Teint sah in der dunkelbraunen Umrahmung noch zarter aus. Die Menschen, denen wir begegneten; sahen sich alle nach uns um; ihre Schönheit fiel so auf, daß sie allgemeine Bewunderung hervorrief und einige meiner Bekannten wie angewurzelt stehen blieben.

Nachdem wir hinter dem Zollhause noch eine Reihe niedriger Häuser passiert hatten, fuhren wir in das offene Land hinaus. Zwischen den Beeten auf den Feldern glänzte in langen Streifen das Wasser, welches dort noch nicht von der Erde aufgesogen war.

Die Wiesen waren ganz überschwemmt, die jungen Fichten in den Schonungen sproßten noch nicht und die Laubwälder waren noch ohne ihren Blätterschmuck. Trotzdem spürte man überall das Weben und Schaffen des kommenden Frühlings. Allmählich rückte die Dämmerung heran, die Stunde in welcher auf die ganze Welt ein unendlicher Friede herniedersinkt, auch uns umfing ein süßer Friede. Ich fühlte nach den Aufregungen der vergangenen Tage eine wohltuende Ruhe über mich kommen. Vor mir hatte ich das geliebte Gesicht meiner Braut, von der Frühjahrsluft rosig angehaucht und ebenfalls den Ausdruck des Friedens, den Widerschein der Ruhe in der Natur tragend. Wir waren beide still geworden, sahen einander an und lächelten nur von Zeit zu Zeit.

Zum ersten Male in meinem Leben begriff ich, wie beseligend ein reines, vollkommen ungetrübtes Glück ist.

Ich hatte bei meiner Jugend noch wenig erlebt, hatte also wohl keine schweren Sünden auf meinem Gewissen, aber wie jeder Mensch trug auch ich eine ganze Bürde Fehler, Eigenheiten und Schuld mit mir herum. In dieser Stunde fühlte ich die Bürde von mir genommen. Kein Gefühl der Verbitterung, keine Unzufriedenheit mit den Menschen fanden mehr Raum in meinem Herzen: ich war nur geneigt jedem zu verzeihen, jedem zu helfen, kurz, ich fühlte mich neu geboren, gerade als hätte die Liebe den alten Menschen in mir vernichtet und einen besseren an seine Stelle gezaubert.

Diese Wandlung war veranlaßt durch den Umstand, daß man meine Liebe duldete, mir das holde süße Geschöpf zu eigen gegeben, welches mir jetzt gegenüber saß. Der Wagen, in welchem wir saßen barg augenblicklich vier Menschen, welche nicht nur glücklich, sondern auch besser geworden, als sie es vor einigen Tagen waren. Alle Kleinlichkeiten des alltäglichen Lebens, den erbärmlichen Stolz und die Rücksichten, welche für gewöhnlich der Mensch höher gestellten, Reichen zollen zu müssen glaubt, kurz alles, was das Leben verflacht und es armselig macht, war von uns abgestreift, zugleich mit der Bitterkeit und der Sorge, die uns noch vor wenigen Tagen erfüllte. Mit dem Augenblick, wo die Eltern Tolkas diesem gebenedeiten Gast, der Liebe, ihr Haus geöffnet, haben wir angefangen, großherziger und mit gehobener Stimmung zu leben.

Es ist unbegreiflich, warum die Menschen, so oft das von sich weisen, was doch das einzige, das höchste Gut des Lebens ist. Noch öfter aber wird es gewaltsam ruiniert und herabgezogen. Wie falsches Geld kursiert die Meinung unter den Menschen, daß die Liebe veraltet welkt, vergeht und daß später nur noch Gewohnheit das fesselnde Band ist, welches Eheleute mit einander verknüpft.

Ich will beweisen, daß diese Ansicht nur dumme Menschen zu nähren im stande sind, oder solche die im Elend leben. Es gibt Auserwählte, welche über diesem Niveau stehen; ich selbst bin etlichen solchen in der Welt begegnet und ich will mich ihnen zugesellen. Wenn die Flamme der Liebe mich so zu beglücken vermag, so ist es auch meine erste Pflicht, nein, eine Notwendigkeit, welche dem gewöhnlichsten Egoismus entspringt, daß ich sie nicht erlösche, sie nicht einmal schwächer werden lasse, sondern sie stets nähre und gleich kräftig erhalte. Ich fordere die Zukunft in die Schranken! Sie repräsentiert die Zeit, ich die Liebe und den starken Willen. Mit Tolka leben dürfen und aufhören sie zu lieben? Nun, wir wollen sehen!

Plötzlich erfaßte mich das heftige Verlangen, dieses Leben zu Zweien sobald als möglich zu beginnen. Ich wußte zwar, daß die Sitte der Zeit verlangt, daß einer Verlobung die Hochzeit erst nach Ablauf vieler Wochen und Monate folgt, aber ich baute darauf, daß ich es mit Ausnahmemenschen zu tun hatte. Zudem war ich überzeugt, daß Tolka mir in dieser Angelegenheit beistehen würde.

Nachdem wir wieder zu Hause angelangt waren und wir uns eine Weile allein befanden, beichtete ich ihr meine Gedanken. Sie hörte mir mit unverhohlener Freude zu. Ich machte die Wahrnehmung, daß nicht nur das Projekt selbst, sondern auch die Beratung über dasselbe, welche den Zauber einer kleinen Verschwörung zwischen uns hatte, sie geradezu entzückte. Sie sah aus wie ein Kind, welchem man verspricht, daß irgend ein außergewöhnliches Vergnügen in kurzem stattfinden soll; sie konnte sich nicht enthalten im Zimmer umherzutanzen.

An diesem Tage sagten wir noch nichts. Dafür erzählte ich beim Tee von meinen Aussichten für die Zukunft, den Hoffnungen die ich daran knüpfte, und sie hörten mir zu, mit Gesichtern, als wären diese Hoffnungen schon erfüllt. Selbst wenn ich annehmen mußte, daß diese Menschen mit dem arglosen Sinn der Tauben etwas aus List tun könnten, so wäre das die beste List, die sie üben können, denn, da ich ihr Vertrauen, ihren Glauben an mich, sich in ihren Mienen wiederspiegeln sah, sagte ich mir: »Nein, ihr Guten, ich will Euch nie eine Täuschung bereiten und sollte ich meinen Kopf daran setzen!«

Spät erst verließ ich sie. Tolka kam mir noch in das Vorzimmer nach und flüsterte mir mit halblauter Stimme zu.

Es ist gut so, sehr gut! Wozu so lange damit warten? Gute Nacht, gute Nacht! Ich fürchte nur, Mama wird Einwendungen machen wegen der Aussteuer.

Es war mir tatsächlich wenig verständlich, wozu Aussteuern angeschafft werden, da doch junge Mädchen, schon in ihrer Eigenschaft als solche immer einen ganzen Vorrat schöner Kleider haben müssen. Aber das ist ja Nebensache; für mich waren alle Ausdrücke und Bezeichnungen der notwendigen Anhängsel bei einer Hochzeit etwas sehr Beglückendes, denn sie bestätigten nur, daß ich nicht träume, sondern wirklich und wahrhaftig Tolka als meine Frau heimführen werde. Auf meinem Nachhausewege wiederholte ich unwillkürlich die Worte: Aussteuer. Aussteuer! mehrere Male. Ich konnte aber noch immer nicht begreifen, daß sie die Ursache ernstlicher Störungen bei einer nahen Hochzeit sein konnten. Hatte ich doch Tolka mit eigenen Augen in einer Menge heller, bunter und dunkler Kleider nacheinander gesehen und meine Braut in jedem von ihnen entzückend gefunden.

Bei dieser Gelegenheit fiel mir aber auch ein, daß mir selbst die Pflicht zufalle, mein Häuschen zu ihrem Empfange einzurichten. Dieser Gedanke erfüllte mich mit neuer Wonne. Es fehlte mir zwar etwas Geld, trotzdem beschloß ich alles so schnell als möglich herzurichten. Ich verbrachte die Nacht schlaflos. In meinem Kopf wirbelte ein Chaos von Kleidern, Schränken, Tischen und Stühlen wirr durcheinander. Früher ließen mich die Sorgen keinen Schlaf finden, nun ließ mir das Glück keine Ruhe.

Am nächsten Tage war ich beim Tischler. Dieser verstand im Augenblick, um was es sich handelte. Er zeigte mir verschiedene Möbel, bei deren Anblick ich mir sofort mein ganzes Zusammenleben mit Tolka ausmalte.

Mir klopfte das Herz gewaltig. Der Tischler riet mir die Wände nicht tapezieren, sondern malen zu lassen, weil der Anstrich weniger Zeit zum Trocknen brauche, als die Tapete. Der gefällige Mann erbot sich, gegen eine angemessene Entschädigung alles auf das beste und schönste zu besorgen.

Von dort ging ich zu zweien meiner Kollegen, mit welchen ich näher bekannt war, um sie als Brautführer zu meiner Hochzeit zu laden. Ich hatte ja keinen einzigen Verwandten. Die Glückwünsche der Kollegen, ihre Umarmungen, vereint mit allen anderen Eindrücken machten mich ganz benommen, ein Chaos schwebte mir vor.

Ich traf Tolka im Salon. Kaum fand ich Zeit, ihr die Hände zu küssen, denn sich auf die Zehen erhebend, flüsterte sie mir drei Worte in's Ohr, die mir mein Glück noch erhöhten. Sie erlauben es, sagte sie.

Der letzte Schatten war von meinem Glücke gewichen. Tolka strahlte vor Freude. Wir gingen Arm in Arm im Salon umher und unterhielten uns. Sie erzählte mir den Verlauf ihrer Unterhandlung mit den Eltern.

»Die Mama sagte anfangs«, plauderte sie, »es wäre ein Ding der Unmöglichkeit, schon so bald Hochzeit zu machen«, dann sagte sie: »Du verstehst nicht mein Kind wie unschicklich es für ein junges Mädchen ist, so schnell die Hochzeit herbeizuwünschen.« Ich entgegnete ihr, daß nicht ich allein, sondern wir beide sehr danach verlangten. Die Mama richtete den Blick nach oben und seufzte mit einem Achselzucken. Der Vater nahm mich lächelnd in die Arme, küßte mich auf die Stirne und die Mama meinte dazu: »Ja, ja. Du hast immer eine Schwäche für sie, hast sie verwöhnt, man muß doch aber auf die Welt Rücksicht nehmen.«

Da aber antwortete der Vater: »Die Welt! die Welt! die schafft ihnen kein Glück. Das können sie nur selbst sich schaffen. Haben wir es denn überhaupt mit der Verlobung der Welt recht gemacht? Bleiben wir also konsequent bis zum Ende. Jetzt ist Fastenzeit, aber nach den Feiertagen soll die Hochzeit sein, die Aussteuer kann nachträglich angefertigt werden.«

»Die Mama gab nach, denn der Vater setzt alles durch, was er haben will ...« »Auch Sie werden das wohl tun«, warf sie schelmisch ein. »Ich fiel der Mama um den Hals und herzte und küßte sie so, daß sie nicht zu Worte kommen konnte. Endlich brachte sie mühsam die Worte hervor: »Ihr seid beide närrisch!« Aber ich blieb doch Siegerin. Sind Sie zufrieden, mein Herr?«

War ich zu verliebt, oder war ich zu schüchtern, daß ich bis daher sie noch niemals umarmt hatte. Jetzt zum ersten Male kam mir der Mut, das zu tun; ich wollte sie umfassen, sie aber entschlüpfte mir anmutig, während sie sagte: »Es ist so schön, Arm in Arm zu wandeln – wie artige Kinder«, setzte sie nach einer kurzen Pause hinzu.

Wir setzten unsere Wanderung also fort. Ich erzählte ihr, daß ich schon an die Ausschmückung unserer Wohnung gedacht, daß ich die Wände malen lassen wolle zwar nicht mit Ölfarbe, das käme zu teuer, aber mit einer, dieser ganz ähnlichen Farbe, welche schneller trocknet. Tolka sprach mir nach: »Schneller trocknet« ... und ohne selbst zu wissen warum, fingen wir laut zu lachen an, wahrscheinlich, weil unsere gemeinsame Freude und unser Glück sonst die Brust zersprengt hätte; sie mußten sich ausjubeln.

Wir überlegten dann also: Der Salon sollte rot gemalt werden, obgleich das eine etwas gewöhnliche Farbe sei, aber sie würde einen schönen Rahmen für ihr blondes Köpfchen geben. Das Eßzimmer sollte in hellgrünem Kachelmuster ausgeschmückt sein, welches Fayance täuschend nachahmen müsse. Über die Malerei und Einrichtung der anderen Zimmer konnten wir uns nicht mehr verständigen, denn Tolka eilte plötzlich in das Nebenzimmer, um ein Schuhbändchen, welches aufgebunden war, in Ordnung zu bringen.

Nach einer Weile kehrte sie in der Begleitung des Vaters zurück, welcher mich einen Heißsporn und Tartaren schalt, dennoch aber versprach, daß unsere Hochzeit am Dienstag nach dem Osterfeste bestimmt stattfinden sollte.

Hatte unsere Liebe in den ersten Tagen einen schwermütigen, bis zu Tränen sentimentalen Charakter gehabt, so war sie allmählich fröhlich aufgeblüht, zu einer schönen Blume des Lenzes. Jetzt konnten wir oft den ganzen Tag lachen.

Da das Osterfest dieses Jahr sehr spät war, so hatte der Frühling bereits seinen Einzug gehalten. Die Bäume standen in üppigen Knospen. Noch vor Beginn der Charwoche machten wir mit den Eltern Tolkas Besuche. Man betrachtete mich überall mit großer Neugier, die mir oft recht lästig wurde. Einige ältere Damen entblödeten sich nicht, mich sogar mit der Lorgnette zu mustern. Das mußte eben durchgemacht werden. Tolka, fein geschmückt und fröhlich wie ein Vogel, entschädigte mich hundertfach für diese verkümmerten Visitenstunden.

Ich beaufsichtigte das Malen der Zimmer selbst. Das Wetter war herrlich, darum trocknete es schnell. Das Schlafzimmer ließ ich rosa ausstatten. Die Wände, die Bezüge der Möbel, alles rosa; ich wollte ja Tolka glücklich machen und die rosige Farbe sollte andeuten, daß sie immer auf Rosen wandeln werde.

Mit jedem Tage liebte ich meine Braut mehr. Jetzt war ich sicher, daß ich nie aufhören würde sie zu lieben, selbst dann nicht, wenn sie grundhäßlich werden sollte. Ich würde mir dann sagen: »Es hat Dich ein Unglück getroffen«, lieben aber müßte ich sie in alle Ewigkeit. Ich befand mich in jenem Stadium, wo der Mann in dem geliebten Weibe in einer Weise aufgeht, daß er selbst nicht mehr weiß, wo sein Ich anfängt und wo es aufhört.

Oft spielten wir wie Kinder miteinander, zuweilen neckten wir uns. Wenn ich z. B. morgens kam und sie allein antraf, so gab ich vor, sie nicht zu sehen, während ich überall im Zimmer umherspähte, sie in allen Winkeln suchte und zuletzt laut frug: »Gibt es denn hier niemanden, der verliebt ist?«

Dann lief auch sie suchend und in alle Winkeln blickend im Zimmer umher, schüttelte das blonde Köpfchen und antwortete: »Es scheint, daß niemand hier ist, wirklich niemand ...!«

»Und dieses Fräulein hier, wie steht es mit ihr?« frug ich sie, an der Hand fassend. »Und – die vielleicht ein klein Wenig'«, war ihre Antwort. Nach einer Weile setzte sie dann flüsternd hinzu: »Oder vielleicht doch sehr!«

Ein ganz neues Gefühl hatte sich meiner Liebe zugesellt, denn ich liebte Tolka nicht nur, nein – ich hatte sie unbeschreiblich lieb gewonnen. Ihre Gesellschaft war mir die liebste – ich konnte ohne sie nicht mehr leben. Ganze Stunden konnte ich mit ihr über die nichtigsten Dinge plaudern, zuweilen führten wir auch sehr ernste Gespräche, im allgemeinen aber vermied ich Betrachtungen über die Ehe und unterließ absichtlich jede theoretische Erörterung über diesen Gegenstand, da ich der Ansicht bin, daß man nicht in formellen Gemeinplätzen über etwas verhandeln soll, was sich ganz aus sich selbst heraus entwickeln muß, durch die Liebe. Man hält doch auch den Blumen keine theoretischen Vorträge über die Art, wie sie aufblühen sollen.

Der Charfreitag verlief still und düster. Die Straßen waren in Nebel gehüllt, ein feiner Regen sprühte hernieder. Wir wanderten mit den Eltern in die Kirchen, zu den Gräbern und legten, ein jeder nach seinen Mitteln, unsere Gaben auf die Teller der Questionare. Tolka, in ihrem schwarzen Kleidchen, das Antlitz voll Milde und Ruhe, war mir noch nie so schön erschienen, wie heute. Beim Scheine der flackernden Kerzen, im Dämmerlicht der Gotteshäuser, sah sie aus wie ein Engel.

An diesem Tage hatte sie sich etwas erkältet. Ich eilte aus einer Weinhandlung in die andere, um den ältesten Malaga herbeizuschaffen, welcher aufzutreiben war, da man ihr geraten hatte, ihn zu trinken.

Die Feiertage verlebte ich bei Tolkas Eltern. Ich hatte niemanden mehr von Verwandten am Leben, stand seit Jahren allein in der Welt. Nun empfand ich zum ersten Male, wie wohl es tut, jemanden zu wissen, der uns teuer ist und dem wir teuer sind. Am zweiten Feiertage hatten wir den ersten warmen, vollerwachten Frühlingstag.

Ich war mit der Einrichtung meines Häuschens schon vor den Feiertagen fast ganz fertig geworden. Mein Gärtchen stand im Schmucke des ersten Grüns, die alten Kirschbäume in voller Blüte. Gleichzeitig war auch meine Doktordissertation – eine Abhandlung über Neoplatoniker im Drucke erschienen.

Tolka schickte sich an, sie zu lesen; sie las kopfschüttelnd, blinzelte mit den Augen, tat verwundert, las aber eifrig weiter, obgleich sie kein Wort davon verstand, aus purem Pflichtgefühl. Ein für mich rührender Anblick.

Die Erinnerungen drängen sich nun in meinem Kopfe – richtiger wohl die Bilder unserer Trauung und der Hochzeitsfeier in buntem, ungeordnetem Durcheinander. Einzelne Eindrücke traten etwas mehr in den Vordergrund, mich fieberhaft erregend. Überall sehe ich eine Fülle von Blumen in den Zimmern, auf der Treppe. Im Hause herrscht große Unruhe, Gäste kommen an, eine Menge fremder, mir unbekannter Gesichter umgibt uns bald.

Im Salon steht Tolka im weißen Brautkleide und Schleier, schön, wie eine himmlische Erscheinung, aber eine andere als bisher. Ein weihevoller Ernst liegt über ihrer ganzen Erscheinung; sie steht mir so, wie sie ist, näher als sonst.

Alles, was der Abfahrt nach der Kirche folgte, ist in meinem Gedächtnis ein Chaos. Die Kirche, die Bilder, der Altar, Kerzen, helle Toiletten, neugierige Augen, leises Flüstern, das alles drängt sich in ein wirres Durcheinander zusammen. Vor dem Altar kniend reichten wir uns die Hände wie zur Begrüßung; gleich darauf ertönten unsere Stimmen, sie klangen wie fremde, nicht uns gehörige: »Ich nehme dich ...« u. s. w.

Das Brausen der Orgel, ein mächtiger Gesang, tönte mir noch in den Ohren. Wie ein tosender Wasserfall war es plötzlich erklungen, das

»*Veni creator* ...« Wie wir die Kirche verlassen, weiß ich nicht mehr und von der Hochzeit ist mir nur noch deutlich erinnerlich, daß die Eltern uns segneten und daß wir uns zu Tische setzten. Tolka saß neben mir und ich erinnere mich noch, daß sie zuweilen die eine Hand an ihre Wangen legte, weil dieselben sie so brannten. Zwischen den Blumensträußen auf dem Tische hindurch sah ich verschiedene fremde Gesichter, von denen ich nicht eines mehr wiedererkennen würde. Man trank unsere Gesundheit mit viel Geräusch und Gläserklirren. Gegen Mitternacht brachte ich meine Frau in mein Haus.

Noch immer fühle ich ihren Kopf an meine Schulter gelehnt; den weißen, veilchenduftenden Schleier hatte sie über das Gesicht gezogen.

Am nächsten Morgen wartete ich im Eßzimmer mit dem Tee auf sie. Inzwischen war sie, nachdem sie sich angekleidet, durch die andere Türe in den Garten gegangen. Ich sah sie durch das Fenster an einen Kirschbaum gelehnt und ging ihr sogleich nach. Sie wandte sich ab, als sie mich kommen hörte und verbarg ihr Gesicht, indem sie es an den Stamm des Baumes drückte. Ich glaubte, sie treibe Scherz mit mir, schlich leise heran und sie umfassend sagte ich:

»Guten Morgen! Ei wer wird sich denn vor seinem Manne verstecken? Was tust Du hier. Lieb?«

Sie aber wich meinem Blick aus und wandte sich wieder ab.

»Was ist Dir Tolka?« frug ich besorgt.

»Ich sehe ...«, antwortete sie leise, »daß der Wind die Blätter von den Bäumen schüttelt ...«

»Laß ihn sie doch nehmen«, entgegnete ich, »wenn Du mir nur bleibst.«

Ich nahm ihren Kopf in beide Hände und wandte ihr Gesicht dem meinigen zu. Sie hatte die Augen geschlossen und flüsterte:

»Sieh mich nicht an, geh' fort!«

Statt zu antworten küßte ich sie fast andächtig. Der Wind strich durch den Baum und überschüttete uns mit einem Blütenregen.

Als ich erwachte, erblickte ich die kahlen Wände meines Zimmers. Ich hatte Typhus gehabt, hatte vierzehn Tage lang zwischen Tod und Leben geschwebt und vollständig besinnungslos dagelegen. Aber das Fieber ist häufig ein barmherziges Geschenk Gottes.

Als ich wieder hergestellt war, erfuhr ich, daß die Eltern Fräulein Antoniens mit ihr nach Venedig gereist waren. Ich aber, einsam wie früher, schließe meinen Bericht mit einem wohl seltsam scheinenden Bekenntnis. Ich war in den Gebilden meiner Fieberphantasieen so glücklich gewesen, daß ich, der ich nur darum sie wieder zu schreiben anfing, um mir eine Würze und einen Trost für das Leben – die Ironie – zu erhalten, meine Erzählung ohne Bedauern schließe. Während des Schreibens ist mir sogar der Glaube gekommen, daß von allen Quellen des Glückes, diejenige die reinste ist, aus welcher man während eines Fiebers schöpft. Ein Leben, welches von der Liebe nicht wenigstens im Traume aufgesucht wird, ist nicht des Lebens wert.

Biographie

1846	*5. Mai:* Henryk Sienkiewicz wird in Wola Okrzejska, im russischen Teil von Polen, geboren.

Die Familie seines Vaters nimmt aktiv an den revolutionären Kämpfen für die polnische Unabhängigkeit teil, Tatsache, die das starke patriotische Element in Sienkiewicz' Familie beweist. Historische Gelehrsamkeit kommt andererseits aus der Familie seiner Mutter.

Wegen der ökonomischen Schwierigkeiten verkauft die Familie ihren Landbesitz und zieht nach Warschau.

1866 Sienkiewicz studiert in Warschau an der Universität (Szkola Glowna), aber ohne irgendwelche sichtbaren Resultate. Er studiert Jura und Medizin, neuere Geschichte und Literatur. Sein Talent als Autor wird bald entdeckt. Seine frühen Arbeiten sind satirische Skizzen und verraten eine starke Sozialgewissenhaftigkeit.

Angespornt durch die Romane von Sir Walter Scott und Alexandre Dumas schreibt Sienkiewicz seine erste historische Geschichte, »Ofiara« (»Das Opfer«), von dem kein Manuskript erhalten geblieben ist.

Ab 1870 Nach dem Studium mittellos, verlässt er die Universität ohne Abschluß. Er arbeitet als unabhängiger Journalist und schreibt kurze Geschichten und Romane.

1872 »Na Marne« (»In Nichtigem«).

1874 Er ist Mitinhaber und Herausgeber der zweiwöchentlichen Zeitschrift »Niwa«.

1876 Er macht eine Reise nach Amerika und reist bis nach Kalifornien. Seine Eindrücke werden in den polnischen Zeitungen als »Listy z Podrozy do Ameryki« veröffentlicht und werden sehr positiv aufgenommen.

Seine Briefe veröffentlicht er in der Zeitung »Gazeta Polska«.

»Hania«.

»Selim Mirza«.

1879 Er kommt nach Warschau zurück.

1881 »Janko Muzykant«.

»Za chlebem«.

»Na jedna karte«.

1882 Auf seinen Reisen gewinnt er Inspiration und Material für einige Arbeiten, unter ihnen die kurze Geschichte »Latarnik« (»Der Leuchtturmwächter«).

Er wird Miteditor der konservativen Zeitung »Slowo« (bis 1887), wo er seine frühen Romane veröffentlicht.

»Bartek Zwyciezka«.

1884–1888 Nach seiner Rückkehr nach Polen, widmet sich Sienkiewicz historischen Studien, deren Resultat seine große Trilogie über Polen im siebzehnten Jahrhundert ist.

»Ogniem I mieczem« (»Mit Feuer und Klinge«), »Potop« (»Die Überschwemmung«) und »Wanne Wolodyjowski« (»Wanne Michael«) werden 1884, 1886 und 1888 veröffentlicht.

1891 Den historischen Romanen folgen Arbeiten über zeitgenössische Themen: »Bez dogmatu« (»Ohne Dogma«), eine psychologische Studie eines hoch entwickelten dekadenten Mannes.

Er reist nach Afrika und besucht Italien, um Material für seinen Roman »Quo Vadis?« zu sammeln.

1894 »Rodzina Polanieckich« (»Kinder des Bodens«) ist ein ländlicher Roman.

1895 Sienkiewicz veröffentlicht seinen größten Erfolg, »Quo Vadis«, einen Roman über die Christen –Verfolgungen zur Zeit Neros.

Seine stark katholische Weltsicht kennzeichnet tief sein Schreiben.

1899 Er ist Gründungsmitglied der »Mianowski Stiftung« und Mitbegründer und Präsident der »Literarischen Stiftung.«

1900 In seinen neueren Romanen kommt er wieder zu den historischen Themen zurück. In »Krzyzacy« beschäftigt er sich mit einer Periode der mittelalterlichen Geschichte, mit dem Sieg der Polen über die Teutonischen Ritter.

Sienkiewicz ist unermeßlich populär. Eine Bürgersubskription bringt genügend Kapital ein, daß er das Schloß zu kaufen kann, in dem seine Vorfahren gelebt haben.

1905 Er erhält den Nobelpreis für Literatur.

1906 »Na polu chwaly« (»Auf dem Feld des Ruhmes«) ist eine

	Folge zu seiner Trilogie des siebzehnten Jahrhunderts.
1910	»Wiry« (»Strudel«).
1912	»W pustyni I W puszczy« (»Im Ödland und in der Wildnis«) handelt wieder von zeitgenössischen Themen.
1916	Er flieht in die Schweiz.
	15. November: Henryk Sienkiewicz stirbt in Vevey. Sein Körper wird acht Jahre später nach Polen zurückgebracht.

Karl-Maria Guth (Hg.)

Erzählungen aus
dem Biedermeier

HOFENBERG

Erzählungen aus dem Biedermeier

Biedermeier - das klingt in heutigen Ohren nach langweiligem Spießertum, nach geschmacklosen rosa Teetässchen in Wohnzimmern, die aussehen wie Puppenstuben und in denen es irgendwie nach »Omma« riecht.

Zu Recht. Aber nicht nur.

Biedermeier ist auch die Zeit einer zarten Literatur der Flucht ins Idyll, des Rückzuges ins private Glück und der Tugenden. Die Menschen im Europa nach Napoleon hatten die Nase voll von großen neuen Ideen, das aufstrebende Bürgertum forderte und entwickelte eine eigene Kunst und Kultur für sich, die unabhängig von feudaler Großmannssucht bestehen sollte.

Georg Büchner Lenz **Karl Gutzkow** Wally, die Zweiflerin **Annette von Droste-Hülshoff** Die Judenbuche **Friedrich Hebbel** Matteo **Jeremias Gotthelf** Elsi, die seltsame Magd **Georg Weerth** Fragment eines Romans **Franz Grillparzer** Der arme Spielmann **Eduard Mörike** Mozart auf der Reise nach Prag **Berthold Auerbach** Der Viereckig oder die amerikanische Kiste

ISBN 978-3-8430-1884-5, 444 Seiten, 29,80 €

Karl-Maria Guth (Hg.)

Erzählungen aus dem
Biedermeier II

HOFENBERG

Erzählungen aus dem Biedermeier II

Annette von Droste-Hülshoff Ledwina **Franz Grillparzer** Das Kloster bei Sendomir **Friedrich Hebbel** Schnock **Eduard Mörike** Der Schatz **Georg Weerth** Leben und Taten des berühmten Ritters Schnapphahnski **Jeremias Gotthelf** Das Erdbeerimareili **Berthold Auerbach** Lucifer

ISBN 978-3-8430-1885-2, 440 Seiten, 29,80 €

Karl-Maria Guth (Hg.)

Erzählungen aus dem
Biedermeier III

HOFENBERG

Erzählungen aus dem Biedermeier III

Eduard Mörike Lucie Gelmeroth **Annette von Droste-Hülshoff** Westfälische Schilderungen **Annette von Droste-Hülshoff** Bei uns zulande auf dem Lande **Berthold Auerbach** Brosi und Moni **Jeremias Gotthelf** Die schwarze Spinne **Friedrich Hebbel** Anna **Friedrich Hebbel** Die Kuh **Jeremias Gotthelf** Barthli der Korber **Berthold Auerbach** Barfüßele

ISBN 978-3-8430-1886-9, 452 Seiten, 29,80 €